인생의 선용

이 도서의 국립중앙도서관 출판시도서목록(CIP)은 e-CIP 홈페이지(http://www.nl.go.kr/ecip)에서
이용하실 수 있습니다.(CIP제어번호: CIP2008001146)

인생의 선용

존 러보크 지음 | 한영환 옮김

■ 이 책을 읽는 분에게

　이 책은 1896년에 영국 맥밀런 출판사에서 발간되어 스테디 셀러가 되었던 《The Use of Life》를 번역한 것으로, 과거 우리나라에서도 널리 읽혔으며, 원본의 영문이 명문이어서 대학 입학시험이나 각종 시험에 자주 출제되었기 때문에 많은 학생들이 영어 공부를 겸하여 이 책의 영문 대역본을 읽기도 했었다.

　이제 이 책이 고전의 영역으로 들어감으로써, 젊은이들에게 잘 알려지지 않은 책이 되었다. 이번에 새롭게 번역, 출간하는 목적은 특히 젊은층이 과거의 세계적 명저에 다시 접해 봄으로써 참신한 의의를 찾게 하려는 데에 있다.

19세기 말과 20세기 초의 영국과 현대 사회는 여러 면에서 큰 차이점을 드러내고 있긴 하지만, 인생을 어떻게 살 것인가 하는 문제를 절실히 느끼는 점에서는 많은 공통점을 지니고 있다고 할 수 있겠다.

훌륭한 작품에는 국경과 시대를 초월하는 영원한 생명력이 있는 법이다. 19세기의 영국은 산업혁명의 성공에 고무되어 경제 우선 사상에 지배되었었다. 그런 풍조에 대한 반동으로서 19세기 후반기부터는 정신혁명이 서서히 일고 있었는데, 이 책은 바로 그러한 시대 상황을 배경으로 하여 탄생된 작품이다. 따라서 경제적으로는 팽창하고 있지만 정신적으로 방황하고 있는 현대인에게 이 작품은 커다란 도움이 될 것으로 생각된다.

이 작품은 실용적인 처세서쯤으로 규정지을 수도 있지만 그보다는 진정한 '행복의 철학'을 추구한 작품이라고 평가하는 편이 더욱 정확할 것이다. 체계적인 철학서가 아니라 경험적인 생활의 지혜들을 가득 담은 보고라고 할 수도 있다. 사실 이 작품에는 그리스 로마의 고전뿐만 아니라 공자 등 동양의 고전, 여러 나라의 속담 등 적절한 표현과 재치 있는 문구들이 많이 인용되고 있다. 그러나 원작의 묘미를 살리기 위하여 출전을 일일이 밝히지는 않았다.

한편 많은 분야에서 인용한 생활 철학서이기 때문에 엄격한 이론에 입각하여 본다면 미흡해 보일 수도 있다. 또 옛 형식의 외국어를 번역하는 데 대한 어려움도 따랐다. 그러나 폭넓은 시야와 아량을 가지고 읽는다면 독자는 이 책을 통해 인생의 지혜를 얻게 될 것이다.

저자 존 러보크 —— 남작이 된 뒤에는 에이브버리 경으로 불리었다 —— 는 은행가이며 정치가였던 동시에 인류학자, 고고학자로 다방면에서 활동하였으나 일반인에게 그의 이름이 널리 알려진 것은 이 책 때문이었다.

유명한 조각가인 벤베누토 첼리니(1550~1571. 이탈리아 후기 르네상스 시대의 조각가)가 자서전 중의 최고 걸작으로 일컬어지는 그의 자서전으로 더욱 알려진 것과 비슷하다.

러보크는 1834년 영국에서 태어나 명문 고등학교인 이튼스쿨에 다니다가 15세 때 아버지가 경영하는 은행에 들어가기 위해 학교를 그만두었다. 그는 곧 은행 실무에서 천재적인 재능을 발휘하여 주위 사람들을 놀라게 하였으며, 22세 때는 은행 중역이 되었다. 그리고 32세 때는 부친의 뒤를 이어 은행장에 취임하였으며, 남작의 작위를 세습받았다. 그는 금융인으로서 정부의 주조鑄造와 재정 문제 등에 자문 역할을 하고 은행 휴일(Bank Holiday) 제정 법안을 제안, 통과시키기도 하였다. 1870년부터 1890년까지 하원의원으로 활동하면서 공공사업에 진력하고, 또 런던대학 부총장, 런던 상업회의소장 등을 지내기도 했다.

이와같이 그는 은행가와 정치가로 활약했으나 그의 마음은 늘 학문과 예술에 이끌리고 있었다. 특히 유년 시절 그의 이웃으로 이사왔던 다윈과의 사귐은 그에게 커다란 영향을 끼쳤다. 러보크는 다윈의 진화론에 깊은 감명을 받아 생물·지질·인종·토속土俗 등의 학문에 흥미를 가지게 되었던 것이다. 그리하여 자연과학과 고고학에 평생 관심을 기울여 많은 저서를 남겼다. 우리가 오늘날 사용하고 있는 '구석기시대'나 '신석기시대'라는 용어는 모두 그의 저서 《문명의 기원과 인류의 원시 상태》에서 처음으로 사용된 말인 것이다. 그는 석기시대를 구석기시대와 신석기시대로 구분함으로써 고고학 연구를 진전시켰으며, 구석기시대의 문화를 이해하기 위해서는 현존하는 미개 민족의 생활을 조사해야 한다는, 영국풍 인류학의 기초를 구축한 것으로도 유명하다. 또한 곤충이나 식물, 동물의 형태에 관한 실험적 연구 분야에서도 선구자였다.

저서로는 고고학 교과서로 사용되고 있는 《선사시대》(1865), 《문명의 기원과 인류의 원시 상태》·《곤충의 기원과 변화》(1882), 《동물의 감각·본능·지능》(1888) 등의 고고학·과학 관계 저작들과 《인생의 선용》, 《인생의 즐거움》, 《결혼·토템·종교》, 《평화와 행복》 등의 인생론들이 있다.

또 그의 독서 경험을 토대로 《명저 백선》을 펴냈는데

책 선정이 매우 뛰어나 20세기에 들어서도 많은 인기를 끌었다.

 끝으로 이 책이 씌어진 시대를 감안하여 이 책을 이해하는 데 도움이 되도록 가능한 한 많은 인명에 간략한 역주를 달았음을 밝혀 둔다.

 이 책을 읽고 인생을 적절하게 잘 이용하고 좋은 일에 써서 참된 인간에의 길로 가기 위한 자기 혁신을 한다면, 그것은 바로 이 책을 읽은 독자의 기쁨이며 보람일 것이다.

옮긴이

차례

인생의 선용
The Use of Life

인생의 선용

인생에서 배워야 할 가장 중요한 일은 '어떻게 살 것인가' 하는 것이다. 인간만큼 오래 살기를 원하면서도 정작 잘살기 위해 전혀 노력하지 않는 존재도 없다.

'어떻게 살 것인가'

이것은 결코 단순한 문제는 아니다. 히포크라테스는 그의 의학적 금언집 서두에서 이렇게 말하고 있다.

"인생은 짧고 예술은 길다. 기회는 덧없이 흘러가 버리고 시도는 불확실하며 판단은 어렵다."

인생에서 행복과 성공은 환경에 좌우되는 것이 아니라 자기 자신에 의해 좌우된다. 타인에 의해 파멸된 사람보다 스스로 파멸의 구렁텅이에 빠진 사람이 더 많으며, 폭풍우나 지진으로 파괴된 집이나 도시보다에 사람에 의해 파괴된 집과 도시가 더 많다.

파멸에는 두 가지 종류가 있다. 하나는 시간에 의한 것이며, 다른 하나는 사람에 의한 것이다. 모든 파멸 중에서 인간에 의한 파멸이 가장 비참하다. 인간의 가장 큰 적은, 세네카가 말했듯이 그의 가슴속에 자리잡고 있다. 신은 악을 창조하지 않았으며 인간에게 자유를 주었다. 만약 이 자유를 악용한다면 인간은 반드시 그에 따르는 고통을 받을 것이다. 라 브뤼예르[1]는 이렇게 말했다.

"남은 인생을 비참하게 만들기 위해 현재의 시간을 허비하는 사람들이 많다."

청년 시절의 왕성한 혈기는 만년에 뼈마디가 쑤시도록 후회할 일을 저지르는 경우가 아주 흔하다. 왜냐하면 일단 지나가고 끝나버린 일은 운명의 여신 클로토도 다시 짤 수 없으며 생명의 실을 지배하는 여신 아트로포스도 돌이킬 수 없기 때문이다.

---

1) 1645~1696. 프랑스의 도덕주의자.

사람들은 젊은 시절에 스스로 멍에를 걸머진다. 이 멍에는 사실상 처음에는 가볍고 쾌적한 것 같지만 나이를 먹은 뒤에는 점점 무겁게 짓누른다. 사람들은 자신을 너무 지나치게 사랑하나 현명하게 사랑할 줄은 모른다. 인생에서 가장 어두운 그림자는 어리석은 짓으로 스스로 초래하는 불행이다.

나는 때때로 낙천적이라는 비난을 받지만 결코 인생의 고난과 비애를 모르는 체하거나 부인한 적은 없다. 나는 사람이 행복하다고 말한 적은 없다. 다만 행복해질는지도 모르는데 만약 행복하지 않다면, 그 잘못은 전적으로 자신에게 있으며 대부분의 사람들은 행복을 향유하지 않고 던져버린다는 점을 말했을 뿐이다.

인생은 장미의 화원도 아니며 그렇다고 전쟁터도 아니다.

어떤 사람들은 소유할 수 없는 것을 원하는 데에, 피할 수 없는 것을 후회하는 데에, 그리고 이해하지 못하는 것을 이야기하는 데에 일생을 허비한다.

사람들이 이야기하는 악은 선을 오용한 것이거나 과

도하게 사용한 것인 경우가 많다. 바퀴 하나나 심지어 톱니 하나만 어긋나도 기계 전체가 움직이지 못하게 된다. 만약 우리가 보편적인 자연의 법칙에 조화되지 않는 일을 한다면 우리는 그에 따르는 고통을 예상하지 않으면 안 될 것이다. 용기도 지나치면 만용이 되고, 애정도 지나치면 편애가 되며, 검약도 지나치면 탐욕이 된다.

'갑의 약은 을의 독'이라는 격언이 있다. 이제까지 자연의 법칙에 대한 어떠한 변화가 보다 나은 결과를 가져올 것이라는 것을 증명할 수 있었던 사람은 없었다. 떨어지면 다리가 부러질지도 모르지만 중력의 법칙이 변화된다 해서 개선될 수는 없는 것이다.

고대 페르시아 사람들은, 행복은 광명과 선善의 신인 오르마즈드에 의해서, 그리고 불행은 암흑과 악의 신인 아리만에 의해서 주어지는 것으로 생각했다. 그러나 실제로 인생의 불행이나 고난은 자신의 과오 —— 두 가지 의미에서의 과오 —— 로 초래되는 것이다. 그 하나는 잘못된 것임을 뻔히 알면서도 행하는 과오로, 이는 모르고 행하는 과실과 거의 같은 불행을 초래한다.

다른 사람에게서 배우는 것보다 스스로 깨우친 학문이 삶에 도움이 된다. 학교를 졸업함으로써 학문을 마친 것은 아니다. 그 때는 학문의 첫걸음을 뗀 것에 불과하며, 학문은 사람의 전 생애에 걸쳐 계속되며 획득되어지는 것이다.

"만약 사람들이 육체를 단련하는 것만큼 두뇌를 단련한다면, 그리고 향락을 위해서 수고하는 것만큼 덕을 위해 수고한다면, 인생은 참으로 훌륭한 것이 될 것이다."

고 세네카는 말했다.

어떤 사람들은 숙명론자이다. 그들의 관점에서는 생의 모든 것은 미리 정해져 있어, 우리가 원하든 원치 않든 간에 일어날 일은 반드시 일어나고야 만다. 그들은 사람을 강력한 힘을 가진 신의 장난감에 불과한 자동인형이라고 여기고 있다. 그래서 제일 먼저 고려해야 할 점은 인생학人生學이 존재하느냐 하는 것이다. 우리는 시간의 대양에서 우리 배를 조종할 수 있는가?

아니면 이미 정해진 운명에 따라 표류할 것인가? 대답은 분명하다. '사람은 사람이므로 자기 운명의 키를 쥐고 있다.' 만약 그가 운명의 주인이 아니라면 그 잘못은 자신에게 있다. 인생은 선택에 따라 개선 행진으로 만들 수도 있으며 장례 행렬로 만들 수도 있다. 리히터[2]는 이렇게 말했다.

"사람은 자신이 희망하는 사람이 된다. 인간의 의지력은 신과 연결되어 있기 때문에 진지하게 그리고 성의를 가지고 되기를 원한다면 어떤 것이든 될 수 있다."

더욱이 일반적으로 우리는 무엇을 해야 할지를 알고 있다. 왜냐하면 양심은 높은 탑 위에 앉은 일곱 명의 파수꾼보다 우리에게 더 많은 것을 말하고 있기 때문이다.

그러므로 만약 우리가 우리의 운명을 지배하는 능력을 갖고 있다면, 자신이 무엇이 되기를 원하며 인생의 존귀한 재산을 어떻게 활용할 것인가 의식하는 것이

---

2) 1763~1825. 독일의 소설가.

무엇보다 중요하다. 어떤 사람들은 인생의 목적을 갖고 있지만 어떤 사람들은 목적을 갖고 있지 않다. 우리의 첫번째 목표는 자신을 최대한 활용하는 것이어야 한다. 훔볼트[3]는 이렇게 말했다.

"모든 사람의 목표는 자신의 능력을 가장 조화롭게 계발하여 모순되지 않는 완전체가 되는 것이어야 한다."

그런데 리히터의 말을 다시 인용하면, 이것은 '자기의 소질을 가능한 한 활용하여 자신을 충분히 계발하는 것'과 같은 것이다. 그러나 단지 이기적인 목적만으로 이것을 시도해서는 안 된다. 만약 그렇게 한다면 그는 당연히 선善한 인생을 획득하지 못한 것이다.

"어떤 사람도 개인적 재산을 자기의 존재 가치를 위한 목적으로 만들 수는 없다"

고 베이컨은 말했다. 플라톤 · 아리스토텔레스 · 석가 · 바울 등 가장 훌륭하고 가장 위대한 심성의 소유자들은 단지 자신만을 위해 자신을 완성시키는 것에

---

3) 1767~1835. 프로이센의 교육제도를 개혁함.

결코 만족하지 않았다.

르호보암[4]의 시대로부터 체스터필드[5] 경의 시대에 이르기까지 충고하는 것은 어쩐지 달갑지 않은 일로 여겨져 왔다. 뉴질랜드 족장이 선교사에게 말해 주었다는 어느 원주민 개종자의 슬픈 운명을 나는 잊을 수가 없다.

"그는 너무 많은 충고를 했기 때문에 마침내 우리는 그를 죽여버렸다."

현명한 사람에게는 충고가 필요 없으며, 어리석은 사람은 충고를 받아들이려 하지 않는다. 작은 충고를 직접 받아들이지 않는 사람은 간접적으로 큰 후회를 하게 될 것이다. 그러므로 무언가가 되기를 원하고 어떤 일을 원하는 사람들에게, 자신과 자기 인생을 효율적으로 활용하기를 원하는 사람들에게 하나의 제안을 하려는 것이 나의 목적이다.

사람이 좋은 기회를 어떻게 낭비하는가를 보는 것은

---

4) 유대왕국의 초대왕. 《구약성서》 〈열왕기상〉 제12장 참조.
5) 1694~1773. 영국의 정치가·외교관. 《서간집》을 남김.

정말 슬픈 일이다. 부주의하게 낭비되거나 버려지는 축복들로 얼마나 많은 사람들을 행복하게 만들 수 있을까! 행복은 환경의 결과가 아니라 마음의 상태이다.

듀갈드 스튜어트[6]의 말을 빌면, 행복의 비결은 외계의 사물을 우리에게 적응시키려고 노력하는 것보다 오히려 우리가 외계의 사물에 적응하는 데에 있는 것이다. 행복한 성격은 연간 1만 파운드의 수입을 올리는 토지보다 낫다고 데이빗 흄[7]은 현명하게 말했다.

"당신이 천부적으로 부여받은 모든 능력을 실현하도록 노력하라. 그렇게 하면 아마 당신이 상상하는 것보다 당신의 능력이 훨씬 뛰어나다는 것을 발견하게 될 것이다."

그러나 아쉽게도 사람들은 자신의 천부적 재능을 너무 늦게 인식한다.

이 세상은 그렇게 쉽게 실망할 곳은 아니다. 최악의

---

6) 1753~1828. 영국의 윤리학자. 데이빗 흄의 회의주의를 배격하고 레드의 상식철학에 만족하였음.

7) 1711~1776. 영국의 철학자·역사가·정치 및 경제사상가. 로크의 경험론, 버클리의 관념론을 계승하여 회의적 경험론에 도달하였으며 칸트 비판철학의 기원을 이룸.

사태에 용감하게 대응하고 최선을 위해서 싸워라. 총을 준비하라. 그렇지 않으면 적이 준비할 것이다.

쾌락은 상상적인 것이 아니라 현실적이라는 점에 유의하라. 우리는 쾌락이라는 이름에 지나치게 현혹되고 있다. 심지어 유용한 일을 하지 않기 때문에 스스로 즐겁다고 생각하는 사람들도 많다.

정신적 쾌락은 감각적 쾌락보다 더 강렬하고 영속적인데, 대부분의 사람들은 쾌락이라는 말을 오직 감각에만 적용하는 듯하다. 그러나 쾌락을 획득하려고 하기보다 스스로 흥미를 창조하도록 노력하라.

정신적 건강은 육체적 건강에 크게 좌우되고 있는데 우리는 우리가 소유한 유일한 육체를 소홀히 하거나 부주의하게 해치고 있다. 우리는 예술 작품으로부터 얻을 수 있는 즐거움을 반도 느끼지 못한다. 런던 시민의 몇 퍼센트가 국립미술관에 가 보았는지 의심스럽다. 우리는 과학적 중요성을 인식하기 위해 자신을 훈련하지는 않는다. 얼마나 많은 사람들이 대영박물관에 가보았으며, 얼마나 많은 사람들이 그것을 감상할 준비를 했는가? 우리는 지구와 하늘의 아름다움을 즐기지 않는다. 우리는 음악을 충분히 즐기고 있을지 모르지만 쾌락으로서의 수준에는 훨씬 미치지 못할 것이다. 동물은 본능만으로 생활하지만 인간은 이성적 존재이다. 그러나 우리가 자랑하는 지성이 인류의 행복을 별로 증진시키지 못하고 있지 않은가. 대체로 이성은 불이익한 상속물damnosa her editas, 즉 즐거움의 원천이라기보다는 고통의 원천이라고 의문시되었으며, 또 실제로 견유학파大儒學派의 철학자들에 의해 논란이 되었었다. 동물은 고민할 수 없지만 사람은 고민한다. '사람은 헛된 환영 속을 걸으며 헛되이 애태운다.' 인생의 많은 고민들은 결코 일어나지 않을 재난으로부터 야기된다. 사람들은 의심과 공포, 걱정과 근심으로 스스로 괴로워한다. 불가사의한 현상이 우리를 온통 둘러싸고 있지만 그것 때문에 초조해해서는 안 된다.

근심할 필요는 없지만 경계하지 않으면 안 된다. 과오를 범하지 않을 것으로 생각되는 일에도 경계하지 않으면 안 된다. 체스터필드 경은 이렇게 말했다.

"악덕을 피하는 것보다 미덕을 적절히 행하는 데 더욱 많은 판단력이 요구된다. 악덕의 진정한 모습은 몹시 흉하여 만약 악덕이 미덕의 가면을 쓰지 않는다면, 첫눈에 우리를 놀라게 하고 유혹하지 못할 것이라고 믿는다."

아주 선량한 사람이 무자비하고 냉정한 마음에 유혹 당하여 굴복해버렸던 경우가 있다. 파머스턴[8] 경이 모든 아이들은 선하게 태어난다고 주장하였다가 '원죄'를 믿는 목사들로부터 신학적 비난을 받은 일이 있다. 그러나 어쨌든 어린아이가 자라 악인이 되는 데에는 많은 난관이 수반된다.

'세상에는 악의에 찬 방법들이 있지만 다행스럽게도 순식간에 악인이 되지는 않으며, 자신을 파멸시키는 데 시간과 고통이 소요된다. 우리는 불카누스[9]가 하루아침에 하늘에서 떨어지듯이 미덕에서 떨어지지는 않는다."

---

8) 1784~1865. 영국의 정치가. 토리당 출신으로 수상을 역임함.
9) 로마 신화에 등장하는 화신火神. 그리스 신화의 헤파이스토스에 해당됨. 헤라와 제우스에 의해 천상에서 두 번이나 떨어짐.

그리고 우리가 개인으로부터 인류 전체의 문제로 눈을 돌려볼 때, 우리가 개인의 경우보다 우리가 살고 있는 지구가 천부적으로 부여받은 수많은 조화를 등한히 하는 것은 더욱 놀랍지 않은가? 뉴튼에 따르면, 진리의 대해大海가 전혀 발견되지 않은 채 우리 앞에 놓여 있는데 우리는 바닷가에서 뛰놀면서 보통 것보다 더 예쁜 조가비나 더 섬세한 해초를 모으는 어린이들에 불과하다. 우리는 지구상의 어떤 물질에 대해서도 완전한 사용법과 성질을 알지 못한다. 우리는 그것을 알기 위해 아침부터 밤까지 노동한다. 그러나 만약 물질의 성질들과 자연의 힘을 더 완전하게 이용할 수 있다면 하루에 한두 시간만 일해도 우리의 육체적·정신적 욕구를 모두 충족시켜주며 지성과 정서 함양에 충분한 시간을 줄 것이다. 증기조차 아직 충분히 이용하지 못하고 있다. 우리의 유년 시절에는 전기의 사용법이 널리 알려지지 않았으며, 이제서야 겨우 그것들을 이해하기 시작하였다. 하천의 힘은 오히려 낭비되고 있다. 만약 마취제가 보다 빨리 발견되었더라면 가공스러운 고통들을 피할 수 있었을 것이다.

　모든 것을 예시하려면 한 권의 책이 필요할 것이다. 무수한 발견이 우리를 기다리고 있다는 것은 의심할 여지가 없다. 어쩌면 그것들은 바로 우리 눈 밑에 있는지도 모른다. 진리의 대양이 발견되지 않은 채 사람들 앞에 놓여 있는데, 소위 기독교 국가들이 서로를 멸망시키려고 수많은 돈을 낭비하고 영토를 확장하기 위해 짐승처럼 싸우는 것은 얼마나 놀라운 일인가?

　지난 세대에는 자녀들에게 글을 읽고 쓰는 법은 가르치지 않고 오직 기르는 데에만 만족했다. 심지어 지금도 어떤 사람들은 '과잉 교육'을 비난한다. 물론 그들이 말하는 취지를 충분히 이해한다면, 대부분의 경우 그들이 뜻하는 것은 일상 생활과 유리된 교육을 뜻한다. 또한 무지가 교육보다 더 많은 돈이 든다는 것을 인식하지 못하고 아직도 교육비를 아까워하는 사람들이 있다. 그러나 이제 거의 모든 자녀들이 어느 정도의 고등 교육을 받고 있는 상태에서 우리가 가장 적절한 교육 제도를 채택하고 있는가 하는 것은 한 번쯤 의심해 볼 만한 문제다. 단지 내가 여기서 말하려는 것은, 우리의 학교들이 도덕적 교육을 부당하게 등한시해왔으며 그 결과 다음과 같은 이론이 아주 보편화되고 있다는 점이다. 즉 만약 당신이 십계명 중 어떤 것을 어긴다면 의심할 것 없이 당신이 잘못하고 있는 것이며 아마 다른 사람을 괴롭힐지도 모르지만 당신이 발각되지 않는 한 적어도 이승의 생활에서는 당신의 행복을 증진시키고 더욱더 잘살 것이라는 것이다. 방종·탐욕·무절제·나태 그리고 기타 '즐거운 악덕들'은 용서받을 수 없는 것들이며 비록 다른 사람을 희생시킬지라도 자신의 이익이 될 수는 있다. 만약 모든 사람들이 자신만을 생각한다면 안일하고 즐거운 생활은 모두가 당연히 원하는 생활이 될 것이며, 선하고 진실한 사람이 되기 위해서는 아무리 정의롭고 고귀한 일이라도, 심지어 순수한 오락조차도 거부해야 하며, 보편적으로 자기 희생적인 생활을 택해야 할 것이다.

그러나 진실은 그와 정반대이다. 악덕의 특권은 제약이나 속박을 받지 않는 것이 아니다. 그 반대로 악인은 가장 사악한 지배자인 자기 욕정의 노예이다.

또한 일부 젊은이들은 악덕에 '남자다움'이 있다고 생각하는 경향이 있다. 그러나 어떤 용기 있는 바보들일지라도 부도덕할 수 있다. 오히려 도덕적인 인간이 되려면 용감하지 않으면 안 된다. 도덕적인 사람이 되는 것은 진정으로 자유로워지는 것이다. 악덕이야말로 진정한 노예이다. 특정한 행위는 나쁘기 때문에 부도덕한 것이 아니라 부도덕하기 때문에 나쁜 것이다. 만약 어이없게도 도덕관이 전도되어 그릇된 것이 옳은 것으로 된다면 그것은 행복과 마음의 평화에 치명적으로 작용할 것이다.

체스터필드 경은 아들에게 보낸 편지에서 한마디 현명한 충고를 한 뒤 다음과 같은 결론을 내렸다.

"그것이 바로 언제나 미덕에 주어지는 보상이고, 그것이 바로 위대하고 선한 사람이 되고자 하는 네가 모방해야 할 인격들이며, 위대하고 선한 사람이 되는 것만이 행복한 사람이 되는 유일한 길이다."

데카르트는 실제 생활을 위해 다음과 같은 네 가지

준칙을 마련했다.

첫째, 그가 자란 사회의 법과 종교를 준수한다.

둘째, 행동을 요구하는 모든 경우에는 즉각적으로 행동한다.

셋째, 욕망들을 만족시키려는 시도 대신 욕망들의 제한 속에서 행복을 추구한다.

넷째, 진리 탐구를 필생의 업業으로 삼는다.

릴리[10]는 그의 소설 《유퓨이즈》에서 인생에 대한 교훈을 다음과 같이 피력했다.

"양과 함께 자고 종달새와 함께 깨어나라. 즐거워하되 겸손하라. 침착하고 용감하되 지나치게 모험적으로 행동하지는 말라. 의복을 단정히 하라. 식사는 영양가 있는 것을 골고루 섭취하되 과식은 금물이다. 여가 시간은 건전한 오락으로 보내라. 이유 없이 남을 의심하지 말며 확실한 근거 없이 남을 믿지도 말라. 모든 사람의 의견에 경솔하게 따르지 말되 자기를 과신한 나

---

10) 1554?~1606. 영국의 작가·극작가. 기교적인 화려한 문체를 구사, 당시 작가들에게 큰 영향을 끼쳐 유퓨이즘이라는 말을 만듦.

머지 자기의 의견을 고집하지 말라. 신을 섬겨라. 신을 두려워하라. 신을 사랑하라. 그러면 신은 당신이나 당신의 친구들이 원하는 것만큼 당신들을 축복할 것이다."

분별없이 이익만을 좇아 자신뿐만 아니라 다른 사람들도 비참하게 만드는 사람은 비단 무분별한 사람, 이기적인 사람, 사악한 사람만이 아니다. 많은 훌륭한 사람들과 틀림없이 좋은 의도를 가진 많은 양서들도 매우 유사한 과오에 빠진다는 것을 시인하지 않을 수 없다. 이와 같은 사람들이나 책들은 불의不義한 생활을 쾌락적 생활로 표현하고 미덕을 자기 희생으로, 그리고 엄숙함을 종교로 묘사하고 있다. 물론 극단적인 예가 되겠지만 종교재판을 예로 들겠다. 종교재판을 맡은 판사들은 의심할 여지없이 훌륭한 사람들로, 친절하고 자비롭기조차 한 성품을 지니고 있었지만 기독교의 본질 자체를 완전히 곡해했다. 즐거운 것은 모두 나쁜 것이며 종교의 참된 정신은 괴팍하고 심술궂으며 침울한 것이라고 생각하는 훌륭한 사람들을 우리는 일상생활에서 흔히 볼 수 있다. 이런 사람들은 우리를 둘러싸고 있는 밝고 환하며 빛나는 자연을 축복이 아닌 사악한 것으로 간주한다. 그들은 모든 선의 창조자인 신이 우리에게 그렇게 풍성하게 베풀어주고 있는 자연을 최고의 기쁨 중의 하나가 아니라 악마가 고안한 유혹이라고 생각한다.

우리가 평생을 슬픔 없이 살아갈 수 없다는 것은 틀림없는 사실이다. 음지가 없으면 양지가 있을 수 없다.

장미에 가시가 없다고 불평하지 말고 오히려 가시에 꽃이 피는 것을 감사히 여기자. 사랑하는 사람의 죽음에서, 우리 모두에게 불가피하게 다가오는 생명의 한계라는 슬픔은 말할 것도 없고 이승에 있는 우리의 존재는 그렇게 복잡한데 세계는 아직 유치하다는 것, 우리가 아직 우리 자신의 존재의 필연성과 우리를 둘러싸고 있는 물질과 힘의 본질을 전혀 이해하지 못하고 있으므로, 우리는 많은 슬픔과 고뇌를 예상하지 않을 수 없다.

많은 사람들이 존재의 신비에 관해 번뇌하고 고민하

고 있다. 때때로 선한 사람과 현명한 사람들이 세상에 대해 화를 내고 비통해할 수도 있다. 그러나 자기의 직분을 성실히 수행한 사람 중에 세상에 불만을 품었던 사람이 없었던 것은 확실하다. 이 세상은 거울과 같다

당신이 미소를 지으면 거울도 미소를 짓는다. 당신이 얼굴을 찡그리면 거울도 얼굴을 찡그린다. 당신이 빨강 유리를 통해서 보면 모든 것이 빨갛게 보이며, 파랑 유리를 통해서 보면 모든 것이 파랗게 보인다. 만약 당신이 연기 속을 통해서 보면 모든 것이 뿌옇고 희미하게 보일 것이다. 그러므로 항상 사물의 밝은 면을 보도록 노력하라. 세상의 거의 모든 사물에는 밝은 면이 있게 마련이다. 미소로, 목소리로, 그리고 단지 함께 있는 것만으로도 햇빛처럼 온 방 안을 환히 비추는 사람들이 있다. 모든 사람에게 밝은 미소와 상냥한 말로 인사하라. 그리고 유쾌하게 맞아들여라. 당신과 친하고 사랑스러운 사람만을 사랑하는 것으로는 충분하지 않다. 사랑한다는 것을 나타내지 않으면 안 된다.

세네카는 이렇게 말했다.

"어떤 책임이라도 완수하면 우리를 더없이 즐겁게 하며, 어떤 유혹에도 예방책이 있다."

밀턴은 이렇게 말했다.

"자연을 원망하지 말라. 자연은 그의 할 일을 했으므로 당신은 당신 할 일을 하라."

만약 이 시대가 역사상 가장 놀랍고 흥미롭고 개화된 시대라면 —— 여러 가지 면에서 나는 그렇다고 생각하지만 —— 그것은 우리의 업적이 아니라 행운이다. 그것은 뽐낼 일이 아니라 감사해야 할 일이다.

그러나 물론 인생의 수많은 축복을 감사해하고 향유해야 하지만 슬픔이나 근심을 면하게 되기를 기대할 수는 없다. 월폴[11]은 인생을 이렇게 묘사했다.

"인생은 사색적인 사람에게는 희극이며, 감성적인 사람에게는 비극이다."

실로 인생은 때론 비극이며, 때론 희극이다. 그러나 대체로 인생은 반드시 우리가 선택한 대로 이루어지는

---

11) 1717~1797. 영국의 문필가. 《오트란토 성》은 고딕 소설의 효시작으로서 중요시되고 있음.

셈이다. 소크라테스는 이렇게 말했다.

"선한 사람에게는 이승에서도 저승에서도 악이 발생하지 않는다."

확실히 희망의 예언들이 악의 예언보다 훨씬 더 정당화되어 왔었다. 그러나 우리는 슬픔과 고통의 모든 순간을 헤아리는 동안 행복한 순간을 느끼지 못한 채 지나쳐버리는 경향이 있다.

"언제나 성공하기를 기대할 수는 없다. 때로는 자연도 실패한다. 그러나 건강하고 번영할 때 오만하게 굴지 말며, 역경 속에서도 행복을 단념하지 말라."

성경에 다음과 같은 유명한 구절이 있다.

"멸망으로 인도하는 문은 크고 그 길이 넓어 그리로 들어가는 자가 많고, 생명으로 인도하는 문은 좁고 길이 협착하여 찾는 이가 적음이니라."

그러나 이 말은 흔히 잘못 적용되고 있다. 그 말은 옳은 길이 더 험하고 고통스럽다는 뜻은 아니다. 다만 옳은 길이 더 좁고 발견하기 어렵다는 뜻이다. 옳은 길은 오직 하나뿐이며 옳지 않은 길은 사면팔방으로 뻗어 있다는 것은 틀림없는 사실이다. 바다를 항해하는 배에게는 오직 하나의 올바른 길이 있을 뿐이다. 나침반의 다른 모든 방향은 그 배가 가려는 항구로부터 먼 곳을 가리킨다. 그러나 옳은 항로가 그렇지 않은 항로들보다 더 험난하거나 파도가 거세게 인다고는 말할 수 없다.

물론 옳지 않고 현명하지 않은 일들이 때때로 잠시 동안 아주 유쾌하다는 사실을 부인할 수는 없다. 그것을 부인하는 것은 불합리하다. 그것은 유혹의 존재까지도 의심하는 것이기 때문이다. 나는 다만 다음과 같은 사실들을 지적하고 싶을 뿐이다. 즉 우리는 그런 충동에 끌려가면서 미래의 슬픔의 대가로 현재의 순간적인 쾌락을 사고 있으며, 하찮은 이익을 위해서 많은 것들을 포기하고 있다. 또 에서[12] 처럼 한 그릇의 죽을 얻기 위해 생득권을 팔아버리고 있으며, 훗날의 길고 긴 회한으로 잠시 동안의 광란적 즐거움을 사고 있다.

---

12) 《구약성서》의 〈창세기〉에 나오는 이삭이 낳은 쌍둥이의 형. 장남이었으나 신의 선택을 받지 못하여 아우 야곱에게 팥죽 한 그릇에 상속권을 팔았다.

나는 현생에 관해서만 말하고자 한다. 실제로 우리가 행복하기를 원한다면 선해지려고 노력해야 한다. 방종보다는 극기함으로써 많은 행복을 얻을 수 있다. 다른 사람에게 관대하라, 그러나 자신에게는 엄격하라.

번영과 행복이 반드시 함께하지는 않는다. 행복의 모든 요소를 지니고 있는 듯한 사람들이 비참한 경우가 많다. '재산은 많은 것을 줄 수 있다. 그러나 그 많은 것을 더욱 풍부하게 하는 것은 마음이다.'

내 마음은 내게 왕국이로다.
나는 찾았네, 그 속에 있는 즐거움.

프랑스 보브나르그[13)]는 이렇게 말했다.
"누구에게나 부(富)나 지위나 명예를 얻을 수 있는 능력이 있는 것은 아니다. 그러나 누구든지 선하고, 너그럽고, 현명해질 수는 있다."
우리가 향유하는 특권에는 그에 상응하는 책임이 따

---

13) 1715~1747. 프랑스의 도덕주의자. 저서에《격언집》이 있음.

38

른다. 성聖 크리소스토무스[14]는 이렇게 말했다.

"현상現狀은 극의 공연에 불과하며 인간의 행동은 하나의 연극이다. 부·빈곤·통치자·피통치자 등과 같은 것들은 하나의 극중 역할일 뿐이다. 그러나 생의 날들이 끝나게 되면 극장 문은 닫힐 것이며 가면은 벗겨질 것이다. 그때에 각각 심판을 받게 될 것이며 각각의 업적이 심판을 받을 것이다. 그 사람과 그의 재산이 지닌, 그 사람과 그의 지위가 아닌, 그 사람과 그의 위엄이 아닌, 그 사람과 그의 권력이 아닌, 바로 그 사람 자체와 그의 업적에 대해 심판을 받을 것이다."

우리 업적이 그 심판에 합격하게 되기를 희망하자.

심판은 무엇일까? 얼마나 많은 일을 했는가가 아니라 얼마나 많은 노력을 했는가가 문제이며, 인생에 소위 성공했느냐의 여부가 아니라 성공할 자격이 있었느냐가 문제이다.

18세기 영국의 은행가이며 저술가인 드러먼드는 이렇게 말했다.

---

14) 347?~407. 그리스 교부 중 최고의 설교가.

"내세來世에 관한 것 중 가장 신비스러운 것은 내세에 어떻게 이보다 더 놀라운 일과 더 신성한 생활이 사람을 위해 마련될 수 있느냐는 것이다. 만약 당신이 더 나은 일이나 생활을 알고 있다면 그것을 위해서 살라. 그렇지 않으면 신과 인류를 위해서 그리스도의 계획을 실천하라."

사실 사악하고 방종한 생활이 아니라 슬기롭고 덕망 있는 생활이 진정으로 행복한 생활이다. 그리고 죄악이야말로 자기 희생이다.

다른 사람의 마음에 들게 하는 지혜

인간이 성공하기 위해서는 재능보다 지혜가 더욱 중요하다. 그러나 지혜를 후천적으로 습득하기는 어렵다. 그러나 다른 사람이 무엇을 원하고 있는지를 고려한다면 어느 정도는 지혜로워질 수 있다.

다른 사람을 즐겁게 해줄 기회를 결코 버리지 말라. 우리 자신이 행복할 수는 없다 하더라도 적어도 다른 사람들을 행복하게 하기 위해 노력할 수는 있다. 모든 사람에게 예의 바르게 대하라. 미모와 재능을 겸비했던 18세기 영국의 여류 문인 몬타그 부인은 이렇게 말했다.

"예의를 지키는 데에는 아무 비용도 들지 않지만 그

것으로 모든 것을 살 수 있다."

사실 돈으로 살 수 없는 많은 것을 예의를 지킴으로써 살 수 있다. 그러므로 만나는 모든 사람의 마음에 들도록 노력하라. 영국의 한 정치가는 엘리자베스 여왕에게 이렇게 말했다.

"모든 남자들의 마음에 들게 하십시오, 그러면 그들의 마음과 돈주머니를 모두 갖게 될 것입니다."

힘으로써 실패하는 일을 지혜로써 성공시키는 경우가 흔히 있다. 악을 압도하는 것은 폭력이 아니라 선善이다. 릴리는 해와 바람의 옛 우화를 이렇게 인용했다.

"한 신사가 길을 걷고 있었는데, 바람이 그의 외투를 벗기려고 아주 강한 바람을 보냈다. 그러나 바람이 강하게 불수록 외투는 그의 몸에 더욱 달라붙었다. 그러자 태양이 뜨거운 햇살을 비추어 그 신사를 덥게 만들기 시작했다. 무더운 날씨에 그만 몽롱해진 신사는 외투뿐 아니라 윗옷까지도 벗어버렸다. 결국 바람이 태양에게 항복했다."

강제보다는 부드러운 태도가 일을 쉽게 해결한다는

사실을 항상 기억하라.

  그대가 원하는 것을
  칼로 위협하며 얻으려 하지 말고
  오히려 미소로써 성취하라.

  허영이 동반하지 않으면 미덕이 그렇게 멀리 가지는
못할 것이라고 어느 냉소적인 도덕가가 말했는데, 이
말에는 상당한 진실이 담겨 있다. 정치권에서도 지나
치게 정치를 하지 말라는 말은 불문율처럼 통용되고
있다.
  당신이 만나는 사람의 신뢰를 얻도록 노력하라. 그리
고 그런 신뢰를 얻을 만한 일을 하도록 더 노력하라.
많은 사람들의 영향력은 능력보다 인격에 기인하고 있
다. 옛날 영국에 한 정치가가 있었는데 그는 높은 관직
에 올라 있지는 않았으나 의회에 상당한 영향력을 행
사했었다. 그런데 그 사람은 얼굴에 십계명을 찍어가
지고 다닌다고 한다.

정당하고 현명하게 행할 수 있는 한 다른 사람들의 희망을 들어주도록 하라. 그러나 '노'라고 말하는 것을 두려워하지는 말라.

모든 사람이 '예스'라고 말할 수는 있지만 유쾌하게 '예스'라고 말하기는 쉽지 않다. 그러나 '노'라고 말하는 것은 훨씬 더 힘들다. '노'라고 말할 수 없었기 때문에 실패한 사람도 많다. 플루타르크에 따르면 소아시아의 주민들은 '노'라는 단음절의 말을 발음할 줄 몰랐기 때문에 다른 나라의 속국이 되었다고 한다. 세상을 살아가는 데 '노'라는 말을 할 필요가 있는 것처럼 유쾌하게 말할 필요도 있다. 우리는 우리와 교제하는 모든 사람이 우리와 일하는 것을 즐겁게 느끼며 다시 만나기를 원하도록 항상 노력해야 한다. 모든 사람이 친절하고 예의바르게 대접받기를 원하므로 사업이란 많은 사람이 생각하는 것보다 훨씬 더 감정에 좌우된다. 솔직하고 유쾌한 태도가 가격을 깎아 주는 것보다 계약을 성사시키는 데 효과적일 경우가 많다.

원하기만 하면 거의 모든 사람은 자기를 다른 사람의

마음에 들게 만들 수 있다. 다른 사람의 마음에 들기를 원하는 순간 그는 이미 다른 사람의 마음에 절반은 든 것과 같다. 한편 다른 사람의 마음에 들기를 원하지 않는 사람은 다른 사람의 마음에도 들지 못할 것이다. 젊을 때 이런 재능을 습득하지 못하면, 나이 먹을수록 그 재능을 얻기가 훨씬 더 힘들어질 것이다. 많은 사람들이 어떤 확고한 공적보다 훨씬 더 좋은 예법으로 세속적 성공을 거두는 반면, 착한 마음과 친절한 의향을 가진 많은 훌륭한 사람들이 단순히 거친 태도로 인해 적을 만든다. 더구나 다른 사람의 마음에 들게 하는 것 자체가 큰 즐거움이다. 그러므로 다른 사람의 마음에 들도록 노력하라. 그러면 당신은 실망하지 않을 것이다.

신중하고 냉정하라. 냉정한 두뇌는 따뜻한 가슴을 지닌 것만큼이나 필요하다. 모든 교섭에서 침착하고 냉정한 태도를 유지하는 것은 아주 중요하다. 당신이 위험한 곤경에 처했을 때 침착과 냉정이 당신을 안전하게 해줄 경우가 많을 것이다.

만약 당신보다 덜 영리한 사람을 만나더라도 그를 경멸해서는 안 된다. 뛰어난 재능을 이어받은 것은 막대한 재산을 유산받은 것과 마찬가지로 큰 자랑거리가 아니다. 두 가지 조건을 잘 활용하여야만 명예를 얻을 수 있다.

사람을 파악하는 것이 책을 읽는 것보다 훨씬 더 어렵다. 눈은 사람의 성품을 알려주는 훌륭한 안내자이다.

"눈으로 말하는 것과 입으로 말하는 것이 다를 때 경험이 있는 사람이라면 전자의 말을 믿을 것이다."

이것은 에머슨[15]의 말이다. 극단적으로 호의적인 고백은 너무 믿지 말라. 첫눈에 남자가 남자를, 여자가 여자를 사랑하게 되지는 않는 법이다. 비교적 자주 만나지 않던 사람이 너무 많은 것을 말하거나 약속한다면 그 사람의 말은 전혀 믿지 말라. 그가 불성실한 사람은 아닐지라도 그는 과장하거나 당신에게서 무언가

---

15) 1803~1882. 미국의 사상가·시인. 청교도주의 및 독일 이상주의 정신을 고취했음.

를 원하고 있을지 모른다. 그러므로 어떤 사람이 당신의 친구라고 말한다고 해서 친구라고 믿지 말 것이며, 또한 누군가를 경솔하게 적으로 생각하지도 말라.

인간은 이성적이며 지적인 존재라고 주장하며 잘난 체하고 있지만 인간이 언제나 이성에 따라 행동한다고 생각하는 것은 큰 잘못이다. 인간은 편견이나 감정에 따라 행동하는 경우도 많다. 그러므로 타인의 이성을 설득하는 것보다 감정을 파악하는 것이 그들을 당신 편으로 만들기 쉽다. 이 원리는 개인보다는 집단에게 더 잘 적용된다.

논쟁은 언제나 약간의 위험을 수반하며 냉담과 오해를 불러일으키기 쉽다. 당신이 논쟁에 이기고 대신 친구를 잃을 수도 있는데, 그것은 아마 손해보는 장사일 것이다. 만약 부득이 논쟁을 벌여야 한다면 가능한 한 상대의 말을 인정하되 빠뜨린 몇 가지를 지적하라. 자기의 주장이 틀렸다는 것을 아는 사람은 별로 없다. 만약 그것을 안다고 하더라도 그것을 좋아하지 않는다. 더구나 사람들은 자신이 논쟁에서 진 것을 알아도 상대의 말을 인정하지 않으려고 할 것이다.

논쟁으로 남을 설득시키려고 노력하는 것은 전혀 소용없는 일이라고 말해도 과언은 아니다. 그러므로 자신의 논지를 가능한 한 명료하고 간결하게 말하라. 만약 상대로 하여금 소신에 대해 다소라도 동요를 느끼게끔 할 수 있다면 그것은 당신이 거둘 수 있는 최상의 수확이다. 그것으로 설득의 첫걸음을 내디딘 것이다.

회화會話는 그 자체가 하나의 기술이다. 가장 많이 말하는 사람이 가장 말을 잘하는 사람은 결코 아니다. 이런 점에서 체스터필드 경이,

"과묵한 보병 대위가 오히려 데카르트나 뉴튼보다 나은 이야기 친구가 될 것이다."

라고 한 말은 지나친 말이다.

말을 잘하는 것만큼 남의 말을 잘 듣는 것도 중요하다. 당신은 타인의 말을 비평가나 재판관의 입장에서 들어서는 안 된다. 따라서 판결을 보류하고 말한 사람의 마음을 헤아리도록 하라. 만약 당신이 친절하고 동정적이면 다른 사람들이 자주 당신에게 충고를 구할

것이며, 당신은 걱정과 근심에 찬 많은 사람들에게 안식과 도움이 되어 주었다는 만족감을 느끼게 될 것이다.

젊을 때에 다른 사람들로부터 많은 관심을 받기를 기대하지 말라. 앉아서 남의 말을 듣고 관찰하라. 일반적으로 방관자가 게임을 가장 정확히 볼 수 있으며, 당신이 남의 눈에 띄지 않을 때 진행되고 있는 일을 더욱 정확하게 인식할 수 있다. 물론 이때 가장 잘 볼 수 있다고 말할 수는 없을지 모른다. 그것은 마치 보이지 않게 하는 마법의 모자를 쓰고 있는 것과 거의 같다.

대부분의 사람들은 생각하기를 싫어하며 생각하는 수고를 덜기 위해 흔히 당신의 평가대로 당신을 받아들일 것이다.

'부드러운 대답이 분노를 물리친다'는 말을 기억하라. 그러나 분노한 대답도 조소보다는 덜 바보스럽다. 대부분의 사람들은 조소당하는 것보다 차라리 욕을 먹거나 싫은 소리 듣기를 원할 것이다. 그들은 자신이 웃음거리가 되는 것을 다른 어떤 일보다 고통스러워할 것이다. 조소는 '악마의 웃음'이라는 말은 어느 정도 사실이다.

'속는 것이 속은 것을 깨우치게 될 때보다 더 즐겁다'는 속담이 있다. 아테네 사람 트라실라우스는 미쳤을 때 피래우스 항에 있는 모든 배가 자기 것이라고 생각했다. 그런데 그는 의사한테서 치료를 받고 정신병을 고친 뒤 그의 배를 모두 도둑맞았다고 비통해했다. 체스터필드 경은 이렇게 말했다.

"농담으로 친구를 잃는 것은 바보스러운 일이다. 농담 때문에 자신과 이해 관계가 별로 없는 중립적인 사람을 적으로 만드는 것도 마찬가지로 바보스러운 일이다."

경멸당하고 있다고 너무 빨리 판단하지 말며 조소당하고 있다고 너무 빨리 생각하지 말라. 《오입쟁이들의 책략》[16]에 나오는 스크러브Scrub처럼 '그들이 아주 유쾌하게 웃는 것으로 보아 내 이야기를 하고 있는 것이

---

16) 영국의 극작가 조지 파쿼(1678~1707)의 희극. 왕정복고기의 풍속희극의 최후를 장식하는 작품.

분명해'라는 식으로 생각해서는 곤란하다. 그러므로 만약 조소를 당해도 초연해지도록 노력하라.

　만약 당신도 그들과 같이 신나게 웃어버리면, 주객이 전도되어 당신은 실失보다 득得이 많을 것이다. 나를 웃음거리로 만들려 할 때에 함께 웃을 수 있는 사람은 모든 사람의 호감을 산다. 그것은 당연하다. 왜냐하면 그것은 쾌활한 성격과 분별력을 보여주기 때문이다. 가능하면 남의 조롱거리가 되지 말라. 그러나 당신을 조소하면 그때 당신도 함께 웃어버려라. 그러면 더 이상 기분 나빠지지 않을 것이다. 만약 당신이 스스로를 조소하면 사람들은 당신을 조소하지 않고 그저 당신과 함께 웃어버릴 것이다.

　때때로 조소당할 것을 예상하라. 그러면 조소당해도 크게 괴롭지 않다. 당신의 소견을 밝히는 용기를 가져라. 당신의 진정한 됨됨이를 당당하게 보이면 웃음거리가 될 것이 없다. 그러나 당신의 모습이 아닌 것을 그런 체하면 타인의 웃음거리가 된다. 사람들은 다분히 가상적인 불만 때문에 번뇌하고 화내며, 다른 사람과 냉담해지는 경우가 흔히 있다. 어떠한 모욕도 당신의 인격을 낮출 수는 없다. 당신의 인격을 낮추는 것은 오직 당신 자신에 의해서만 가능하다. 솔직하되 신중하라. 자신에 관해서 지나치게 많이 말하지 말라. 당신의 신상에 관한 이야기나 지나친 변명, 해로운 이야기 등을 너무 하지 말라. 대신 다른 사람들이 자신에 관해서 이야기하게 하라. 만약 그들이 자신들에 관해서 많이 이야기한다면 그것은 그들이 그러기를 좋아하기 때문이다. 또 당신이 그들의 이야기를 귀담아 들어줌으로써 그들은 당신에게 더욱 호감을 느낄 것이다. 어쨌든 불가피한 경우를 제외하고는 당신이 누군가를 바보라든가 멍텅구리로 여기고 있다는 것을 그 사람에게 보이지 않도록 하라. 그렇지 않으면 상대가 당신에게 불평할 충분한 이유를 갖게 된다, 당신은 잘못 판단할 수도 있으며, 거의 틀림없이 그는 당신이 잘못 판단했다고 생각할 것이며, 그 나름대로 근거를 가지고 당신을 바보라고 생각할 것이다.

버크[17]는 이렇게 말했다.

"국가를 상대로 고소장을 쓸 수는 없으며, 특정 계급이나 직업을 공격하는 것은 현명하지 못할 뿐만 아니라 정당하지도 않다."

개인은 흔히 잊고 용서하지만 사회는 결코 그렇지 않다. 게다가 개인은 인격적으로 모욕을 당했을 때 가장 분노하고 괴로워한다. 모욕을 당하는 것보다 마음을 더 괴롭히는 것은 없다. 다른 사람을 언짢게 만들거나 모욕을 준다면 결코 당신의 목적을 달성할 수 없을 것이다.

괴테는《에케르만과의 대화》에서,

"영국 사람이 사교장에 나타날 때와 사교장 안에서의 태도는 확신에 차 있고 조용하며, 보는 사람으로 하여금 그들이 어디를 가나 주인이고 전세계가 그들의 것인양 생각하도록 만들 정도이다."

라고 영국 사람을 칭찬하였다. 이에 대해 에케르만은 영국의 젊은이들이 독일의 젊은이들보다 영리하지도,

17) 1729~1797. 영국의 정치가. 휘그당 당원.

교육을 잘 받지도, 착하지도 않다고 말하고 있다.

이에 대해 괴테는 이렇게 말했다.

"그것은 문제가 될 수 없으며 그들의 우수성은 그런 점에 있지 않소. 또한 그들의 문벌과 재산에도 있지 않소. 정확히 말해 그들의 우수성은 자연이 그들을 만든 그대로가 되려는 용기를 가진 데에 있는 것이오. 그들에게는 반半이란 없고 완전한 인간만이 있을 뿐이오. 간혹 완전한 바보가 있는 것은 인정하겠소. 그러나 그 것도 나름대로 중요하며 효용이 있소."

어떤 사업이나 교섭을 할 때 인내를 가져라. 풀 수 있는 매듭은 끊어버리지 말라. 많은 사람들은 자신의 요청을 들어주기보다 자신의 이야기를 들어주기를 원한다. 많은 적들은 당신의 지구전에 지쳐버리고 말 것이다.

무엇보다도 화를 내지 말라. 부득이 화가 나더라도 입을 다물고 드러내지 말라.

어떤 사람들은 나쁜 일이나, 슬픈 기억을 되살려 의견 충돌을 야기시키는 화제에 관해 언급하는 요령을 갖고 있는 듯하다.

인간에 관한 지식보다 더 유용한 학문은 없다. 당신이 신뢰할 수 있는 사람과 신뢰할 수 없는 사람을 현명하게 판단하는 것뿐만 아니라 얼마나 신뢰할 수 있는지, 어떤 점에서 신뢰할 수 있는지 결정하는 것은 지극히 중요하다. 그러나 그렇게 하는 것은 결코 쉬운 일은 아니다. 당신이 함께 일할 사람과 데리고 일할 사람을 잘 고르는 것, 즉 모난 구멍에는 모난 사람을 쓰고 둥근 구멍에는 둥근 사람을 쓰는 것이 가장 중요하다. 즉 사람을 적재적소適材適所에 쓰는 것이 매우 중요하다는 뜻이다.

"만약 어떤 사람이 의심스러우면 그를 고용하지 말라. 그러나 일단 어떤 사람을 고용했으면 그를 의심하지 말라."

이것은 공자孔子의 말이다. 남을 신뢰하는 사람이 의심하는 사람보다 옳을 때가 더 많다.

남을 신용할 때에는 완전히 신뢰하되 맹목적이어서는 안 된다. 아서왕의 전설에 나오는 현인賢人 멀린은 아주 현명했지만 자기를 전적으로 신뢰하든지 아니면

56

신뢰하지 말라는 비비안의 호소를 경솔하게 받아들여 목숨을 잃고 말았다.

항상 신중하라. 함부로 자기의 의중을 드러내지 말라. 당신 스스로 비밀을 지키지 않고 다른 사람이 당신의 비밀을 지켜 줄 것을 기대할 수 없다. 현명한 사람의 입은 그의 마음속에 있고 바보의 마음은 그의 입에 있다. 왜냐하면 바보는 자기가 알거나 생각하는 것을 모두 말해버리기 때문이다.

당신의 머리를 사용하라. 당신의 이성理性과 의논하라. 당신의 이성이 언제나 옳은 것은 아니지만 이성과 의논하면 과오를 범할 가능성은 훨씬 줄어들 것이다.

말은 은덩어리에 불과하지만 침묵은 금이다.

많은 사람들이 말할 것이 있기 때문이 아니라 단지 이야기하기를 즐기기 위하여 말을 한다. 말은 혀로 하지 말고 두뇌로 해야 한다. 이야기 자체를 위한 이야기를 즐기는 것, 즉 수다는 당신이 성공하는 데에 치명적으로 불리하게 작용한다. 사람들은 이야기에 열중한 나머지 처음에 의도한 것과는 아주 다른 것을 성급히 말해버리고는 말하지 않았으면 좋았을 것을 하고 후회한다. 또는 말할 필요가 없는 부적당한 일을 엉겁결에 말해버린다.

이와 같은 무절제한 다변과 방자한 언설은 인생에서 무수한 해악과 번뇌의 원인이 된다. 그런 말들은 화제의 당사자를 노하게 만들고 다른 사람들간에 분쟁과 불화의 씨를 뿌리며, 그냥 두면 저절로 없어져버릴 하찮은 불쾌나 분노를 더욱 격화시킨다.

플루타르크는 데마라토스[18]의 다음과 같은 이야기를 들려주고 있다. 어느 회의에서 데마라토스가 잠자코 있자 어떤 사람이 그가 바보이기 때문인가 아니면 말할 것이 없어서인가 하고 질문했다. 그러자 그는 "바보는 침묵을 지킬 줄 모른다"라고 대답했다.

또한 솔로몬도 〈잠언〉에서 이렇게 말하고 있다.

그대 보지 않았는가?
성급하게 말하는 자를,

---

18) B.C. 6세기~B.C. 5세기의 스파르타 왕.

그보다는 오히려

바보에게 더 희망이 있도다.

자신의 우수성을 보이려고 하지 말라. 열등의식을 느끼게 하는 것처럼 사람을 괴롭히는 것은 없다.

말을 할 때 너무 단정적으로 하지 말라. 아무리 확신한다 해도 당신이 틀릴 수 있기 때문이다. 기억력은 우리에게 이상한 장난을 걸며, 귀와 눈도 때로는 우리들을 속인다. 우리의 편견은 —— 우리가 가장 소중히 간직한 것일지라도 —— 확실한 근거가 없을 수 있다. 더욱이 당신이 옳을 경우에도 확실성을 강력하게 주장하지 않는다 하여 손해볼 것은 없다.

또한 행동에 있어서도 지나치게 확신하지 말며 어떤 가능성도 배제하지 말라. '술잔을 입술에 대기 전에 손에서 미끄러지는 경우가 흔히 있다'는 속담이 있다.

기다릴 줄 알며 기회가 올 때 그것을 포착하는 사람이 모든 것을 성취하게 된다는 말이 예로부터 전해지고 있다.

할 수 있을 때 하지 않으면

하려고 할 때 할 수 없게 되느니.

한 번 기회를 놓치면 다시는 그 기회를 잡지 못할지도 모른다.

인간사에도 조류가 있다.

만조滿潮를 타면 행운을 얻게 되나

그것을 놓치면 인생의 모든 항해가

얕은 물에 들어가 비운을 맞게 된다.

그런 만조에 지금 우리가 떠 있다.

기회가 있을 때 그 만조를 타지 않으면 안 된다.

그러잖으면 우리의 모험이 실패할 것이다.

이것은 셰익스피어의 《줄리어스 시저》에 나오는 대사이다.

자신의 소유를 지켜라. 만약 당신이 소유물을 지키지 않으면 다른 사람이 그것을 소유할 것이다. 뛰기 전에 앞을 보라. 뛰고 난 후 아무리 보아도 소용이 없다.

주의하되 지나치게 주의하지는 말라. 실수하는 것을 너무 두려워하지 말라. 과오를 범하지 않는 사람은 아무것도 이룩하지 못한다.

항상 단정하게 옷을 입어라. 사람은 옷을 입지 않을 수 없으므로 옷을 잘 입어야 한다. 그러나 시간적으로나 경제적으로 지나치게 화려한 의상을 입지는 말라.

그러나 좋은 옷감을 쓰도록 하라. 매우 많은 사람들이 옷을 보고 판단한다는 사실은 놀라운 일이다. 당신이 만나는 사람들 중 많은 사람들이 주로 외모로만 판단하며, 당신 또한 외모로만 판단할 수밖에 없는 경우를 많이 겪게 된다.

눈과 귀가 마음을 연다. 백 명이 당신의 외모를 보지만 당신의 참 모습을 알아볼 사람은 오직 한 사람뿐이다. 더욱이 당신의 옷차림이 단정치 못하다면 당신이 다른 일에도 역시 부주의할 것이라고 판단하는 것은 —— 절대적으로 정당하다고는 못하더라도 —— 어느 정도 객관적이다.

사교장에 갔을 때에는 가장 훌륭하고 가장 즐거운 태도를 지닌 사람을 본받아라. '예절이 성공시킨다'는 속담은 약간 과장되기는 해도 상당한 진실을 담고 있다. 호감을 주는 태도는 영원한 추천장이다. 예절은 누구에게나 중요하며, 어떤 사람에게는 특히 중요하다.

"재능이나 지식으로는 사람의 마음을 얻을 수 없다. 물론 일단 마음을 얻은 뒤에는 장점과 지식이 그 마음을 잃지는 않을 것이지만, 복장 · 태도 · 거동으로 상대의 눈을 즐겁게 하고 우아하고 조화된 화술로 상대의 귀를 즐겁게 하라. 그러면 틀림없이 상대의 마음을 얻을 것이다."

이것은 체스터필드 경의 말이다.

모든 사람에게 귀와 눈이 있지만 정확한 판단력을 가진 사람은 별로 없다. 세계는 하나의 무대이며 우리는 모두 배우이다. 연극의 성공 여부는 배우들의 연기에 크게 좌우된다는 것을 모든 사람은 잘 알고 있다.

체스터필드 경은 자기 아들에 관해서 이렇게 말했다.

"사람들은 내 아들이 알려진 곳에서는 어디서든 사랑

을 받고 있다고 말한다. 그 이야기를 들으면 매우 기쁘다. 그러나 나는 사람들에게 그가 알려지기 전에 호감을 사고 그 후에 사랑을 받게 되기를 바란다……. 이런 외면적인 것들을 중요시하지 않는다면 인간의 본성을 전혀 모르는 사람이 될 것이다. 이런 일에는 아무리 관심을 가져도 지나치지 않는다. 사람의 마음을 끄는 것은 언제나 이런 것들이다. 사실 마음을 확실히 이해하기란 어려운 것이다."

미美의 신神 그레이스는 학문과 예술의 신 뮤즈만큼 인생에서의 성공을 돕는다. '말[馬]을 훔쳐도 의심을 받지 않는 사람이 있는가 하면 울타리를 넘겨다보기만 해도 의심을 받는 사람도 있다'는 말을 우리 모두는 잘 알고 있다.

왜 그럴까? 전자는 상냥하게 일을 하고 후자는 남의 비위에 거슬리게 일을 하기 때문어다. 젊음과 웅변과 예술의 신 머큐리조차도 미의 신 그레이스의 도움이 없으면 무력해진다고 호라티우스[19)]는 말했다.

---

19) B.C. 65~B.C. 8. 고대 로마의 시인.

돈을 벌고 쓰는 지혜

영국 사람들은 검약의 중요성을 충분히 인식하지 못하는 듯하다. 영국 사람들은 열심히 일하고 돈을 잘 벌지만 다른 나라 사람들에 비해 훨씬 검소하게 생활하지는 않는다.

"아들아, 네가 부자가 될 것인지 아닌지는 얼마를 버느냐가 아니라 얼마를 쓰느냐에 달렸다."

라고 어느 현명한 퀘이커 교도는 이야기했다. 영어의 '검약(thrift)'이라는 단어가 '번영하다(thrive)'라는 단어에서 유래되었듯이 단어 자체가 돈을 번다는 뜻을 의미하고 있다. 따라서 어떤 물건을 사기 전에 그것 없이도 지낼 수 있는지를 자문해 보는 것이 좋다.

부자가 된다는 것은 차치하고라도 장래의 필요에 대비하여 저축하는 것은 현명하고 당연한 일이다. "가난이 문으로 들어오면 사랑은 창문으로 날아가버린다"는 속담은 심술궂은 표현이지만, 사실 아내와 아이들이 굶주리고 헐벗고 병이 나도 치료를 받지 못하고 쉬지 못하고 요양을 할 수도 없다면 그것은 슬픈 일이다. 그리고 만약 당신이 더욱 열심히 일했다거나 불필요한 향락을 거부했더라면 처자를 고통과 걱정에서 구할 수 있었을 텐데 하고 느끼게 된다면 그것 또한 슬픈 일이다. 돈 자체를 위한 검약은 의심 할 바 없이 천한 것이지만 자립을 위한 검약은 합당한 것이며 남자다운 것이다.

언제나 금전출납부를 기입하되 세심하게 하라. 자질구레한 것을 모두 기록하는 것이 가치 있다는 뜻은 아니다. 그런 것을 기록해 둠으로써 어떤 것에 얼마를 썼는지를 알 수 있게 하려는 것이다. 자기의 수입과 지출을 아는 사람은 낭비에 빠지지 않을 것이다. 자기가 하는 일을 보지 못하게 됨으로써 낭비는 시작된다. 눈을 뜬 채 파멸의 절벽으로 가는 사람은 없을 것이다.

어떻게 살든지 간에 수입의 범위 내에서 살라. 아무리 적더라도 매년 저축하라, 그러나 무엇보다도 빚지지는 말라.

빚을 지는 것은 노예가 되는 것이라고 말해도 과언은 아니다. '빚내러 가는 사람은 울러 간다'는 말이 있다. 경험가 호레이스 그릴리는 적절하고 진실되게 말하고 있다.

"굶주림·추위·헐벗음·격심한 노동·모욕·의심·근거없는 비난 등 세상에는 불쾌한 일이 많다.그러나 빚은 이 모든 것들보다 훨씬 더 불쾌하다. 절대로 빚지지 말라. 만약 가진 것이 50센트밖에 없고 1주일간 벌 수 없다면, 남에게 1달러를 꾸지 말고 차라리 옥수수 한 되를 사다 죽을 쑤어 그것으로 연명하라."

"세상은 언제나 저축한 자들과 낭비한 자들, 즉 검약가들과 낭비가들의 두 계급으로 나누어진다. 모든 집·공장·교량·선박 등 인간을 개화시키고 행복하게 해주는 모든 위대한 사업의 완성은 저축가, 검약가에 의해 이루어져 왔다. 자기들의 재산을 낭비해버린 자들은 언제나 이들의 노예가 된다. 이것이 자연의 법칙이며 신의 섭리이다. 만약 절약하지 않고 부주의하며 게으른 계급이 발전할 것이라고 언명한다면 나는 사기꾼이 될 것이다.

이것은 19세기 영국의 정치가 콥던[20]의 말이다.

"에페수스에 있는 아르테미스 신전은 채무자가 그 안으로 피난하면 채무자에게 피난처를 제공하고 채권자로부터 그를 보호해 준다. 그러나 검약의 피난처와 성역聖域은 어디서든 진실한 사람에게만 그 문이 열려 있으며 그들에게 즐겁고 명예롭고 편히 쉴 넓은 장소를 제공해 준다"

고 플루타크는 말했다. 그러므로 사업상의 경우를 제외하고는 빚지지 말고 돈을 꾸어 주지도 말라. 당신은 돈도 받지 못하고 고맙다는 인사도 받지 못할 것이다. 왜냐하면 채무자는 늘 자신이 피해자라고 생각하고 있기 때문이다. 당신이 여유가 있는 것은 너그럽게 주어라.

---

20) 1804~1856. 자유방임주의의 대표자. 곡물법 폐지에 기여함.

그러나 그것을 돌려받게 되리라고 기대하지는 말라.

처음에 돈이 잘 벌리지 않더라도 실망하지 말라. 어떤 악운이라도 좋아질 때가 있는 법이다. 처음부터 돈이 쉽게 벌리더라도 다 쓰지 말고 궂은 일을 대비하여 일부를 저축하라. 악운이 길운으로 변하듯이 길운도 악운으로 변할 수 있음을 명심하라. 그리고 시간이 흐름에 따라 쓸 일이 점점 더 많아지게 됨을 명심하라. 처음에 너무 운이 좋았기 때문에 망한 사업가들도 많다.

부자가 되려고 서두르지 말라.

"그림에 부당한 가격을 매기지 않는다면 언젠가는 그림이 좋은 값을 받을 수 있을 것이다."

라고 러스킨이 말했다.

돈에 관하여 근심하지 말라. 큰돈을 벌게 될 사람은 많지 않지만 누구든 근면하고 절약하면 생활비를 벌 수 있다. 부정한 방법으로 큰돈을 번 이야기를 흔히 듣지만, 가난도 또한 부정한 방법으로 이루어진다. 진정으로 가난한 사람은 가진 것이 적은 사람들이 아니라 너무 많은 것을 원하는 사람들이다.

아주 흥미있게 강연을 했던 19세기 영국의 병리학자 제임스 패짓 경은 한 강연에서 그의 제자들에 관해 다음과 같은 통계를 보고했다. 1천 명 중 2백 명은 의사를 그만두고 부자가 되거나 혹은 일찍 죽었다. 남은 8백 명 중 6백 명은 그런대로 성공했으며 그 중 몇 명은 상당한 성공을 거두었다. 전체 가운데서 오직 56명만이 완전하게 실패했는데 그 중 15명은 시험에 합격하지 못했으며 10명은 무절제와 방탕으로 폐인이 되었다. 전체 1천 명 중 25명만이 자기 힘으로 해결할 수 없는 원인 때문에 실패했다. 의학과 마찬가지로 다른 분야에서도 여러분이 자신을 유용한 사람으로 만들면 고용될 것을 확신해도 좋다.

실제로 진정한 생활 필수품에 관해서 지나치게 걱정할 필요는 있다. 자연은 많은 것을 요구하지 않는 반면 많은 것을 준다. 그러나 사치는 '한 가지 나쁜 습관을 들이기 위한 돈으로 자녀 둘을 키울 수 있다'는 프랭클린의 말처럼 많은 돈을 필요로 한다.

웰링턴[21] 공작이 현명하게 말했듯이 높은 이자는 나쁜 담보가 된다는 것을 명심하라.

'한 광주리에 니무 많은 계란을 담지 말라.'

이 속담은 한 사업에 너무 많은 돈을 투자하지 말라는 뜻이다. 당신이 아무리 좋은 충고를 들어도, 당신이 매사에 아무리 주의를 기울인다 해도 사전事前의 모든 계산을 뒤집을 어떤 일이 일어날 수 있는 법이다. 가장 영리한 상인들과 은행가들도 실수를 저지른다. 민감한 사업가들이 기대하는 것은 일반적으로 합당한 것뿐이다. 우리는 어릴 때에 2 더하기 2는 4가 된다고 배웠다. 그러나 2에 2를 더한 것이 22도 될 수 있다. 산술적으로 2에 2를 더하면 4가 된다는 것은 완벽한 진실이지만 인간 사이에는 이런 산술적 기만과 분별없는 적용으로 장래가 촉망되는 많은 사람이 실패해 왔다.

모든 일에 초조해하지 말고 침착하게 대처하라.

18~19세기 영국의 정치가 브로검 경은 사진을 찍을 동안 가만히 앉아 있지 못해 언제나 사진이 엉망으로

───────

21) 1769~1852. 영국의 군인·정치가.

나왔다.

월터 배저트[22]는 많은 사업가들이 방 안에 가만히 앉아 있을 수 없었기 때문에 실패했다고 말하고 있다.

본인이 원하든 원하지 않든 모든 사람은 어떤 의미에서 사업가이다. 우리 모두는 의무를 수행해야 하고 집을 꾸려가야 하며 지출을 조절해야 한다. 작은 일들도 큰 일과 마찬가지로 어렵고 힘들 때가 있다.

다행히 사업의 성공은 천재적인 두뇌가 아니라 상식과 노력에 의해 좌우된다. '네 가게를 돌보아라. 그러면 가게가 너를 돌볼 것이다'라는 옛 속담과 같은 뜻으로 크세노폰[23]은 다음과 같이 말하고 있다.

"그의 준마를 가능한 한 빨리 살찌우고 싶었던 페르시아의 왕이 그 문제에 관하여 가장 잘 아는 사람에게 무엇이 말을 가장 빨리 살찌게 하는가를 물었다. 그러자 그 사람이 대답했다. '주인의 눈입니다.' 이 말은 주

---

22) 1826~1877. 영국의 경제학자·사회학자·문예비평가. 〈이코노미스트〉의 주필을 역임함.
23) B.C 430?~B.C 355? 그리스의 군인·역사가. 소크라테스에 사사, 뒤에 퀴로스군에 참가한 후 귀국하여 수기 《아나바시스》를 저술함.

인이 관심을 쏟아야 한다는 뜻이다."

능률적인 습관을 기르는 것은 매우 중요하다. 명사인 내 친구 한 명이 오래전에 나에게 이런 이야기를 했었다. 인생에서 성공하지 못한 사람들의 사례에 관해 생각해 보았다. 그런 사람들 가운데는 뛰어난 능력과 고결한 인품을 가진 사람들도 있었는데, 그들의 가장 큰 실패의 원인은 결단성이 없었던 점, 시간을 잘 지키지 않는 점, 다른 사람과 화합하여 일할 수 없었던 점과 작은 일에 고집을 피우는 점 등 사실상 우리가 비사업적이라고 부르는 그런 요인들이었다.

큰 일에서와 마찬가지로 작은 일에서도 질서와 절차는 매우 중요하다. 적재적소의 원칙이 바로 성공의 황금률인 것이다.

어떤 물건을 쓰고 난 뒤 조금 번거롭지만 그것을 치워두면 그것을 다시 필요로 할 때 많은 시간과 노력을 아끼게 된다.

크세노폰이 이렇게 말했다.

"무질서란 마치 농부가 곳간에 보리와 밀과 완두콩을

함께 집어넣은 것과 같다. 그리하여 그가 보리빵이나 밀빵이나 완두콩 수프를 먹으려고 할 때 알갱이 하나하나를 골라내지 않으면 안 된다. 그것들을 따로따로 보관했더라면 그런 불편은 없었을 것이다."

옛날부터 가장 행복하며 훌륭한 사람들 중 많은 사람들이 몹시 가난했다. 워즈워드와 그의 누이는 여러 해 동안 주당 30실링으로 살았다. 그렇지만 그 기간이 그에게 있어 가장 행복한 시기였다고 나는 믿는다.

당신이 부자가 되지 않을 운명이라도 우정과 애정으로 충만한 안락한 장소, 작은 통나무집, 웃음띤 얼굴은 당신의 진정한 행복을 가져다 줄 수 있을지도 모른다. 더구나 '거지가 이승의 왕국은 가질 수 없을지라도 하늘의 왕국은 가질 수 있다.'

사실 그렇게 많은 위대한 사람들이 가난했다는 것은 놀라운 일이다. 그렇다면 신은 양치기 이외에는 예언자로 택한 적이 없다고 한 마호메트의 말이 지나친 것일까?

돈의 힘을 과장하는 것은 일반적인 과오이다.

공자가 이렇게 말했다.

"제나라 환공桓公은 큰 부자였지만 아무도 그를 좋아하지 않았다. 백이伯夷는 굶어 죽었지만 지금까지도 사람들은 그를 애도하고 있다齋桓公 有馬千馬匹, 死之日民無德而稱焉, 伯夷叔齋 餓干首陽之下民到于今稱之 — 論語 卷八."

'자기 마음의 생각이 그 사람의 재산이다'라는 미얀마 속담이 있다.

심지어 금으로 만들어졌다 해도 속박하는 모든 족쇄는 나쁜 것이다. 돈이 여러 걱정·근심의 원천인 것은 의심할 바 없다. 가난에 걱정이 있듯이 돈에도 걱정이 있다. 실제로 많은 부자들은 돈의 주인이 아니라 돈의 노예이다. 윌슨 주교는 이렇게 말했다.

"부富는 많은 경우 그것을 소유한 사람에게 걱정거리가 될 뿐만 아니라 그들을 괴롭힌다."

의심할 것 없이 많은 사람들이 돈으로 인해 파멸했으며, 대체로 부자가 가난한 사람보다 돈에 관해서 더 걱정하는 것 같다. 현명한 사람만이 부富로 행복을 누릴 수 있다. 부자가 되기를 지나치게 열망하는 사람은 항상 가난뱅이가 될 것이다. 러스킨은 이렇게 말했다.

"작은 집에 살면서 워윅 성城을 보고 경탄하는 것이 워윅 성에 살면서 경탄할 것이 아무것도 없는 것보다 훨씬 더 행복할는지 모른다."

부富를 즐기려면 그것에 탐닉하지 말라. 13세기의 회교학자 사디[24]는 이렇게 말했다.

"충분한 것은 당신을 운반해 주지만 그 이상은 당신이 그것을 운반하지 않으면 안 된다."

나는 낙타를 타고 있지 않지만 짐도 없고 속박당하고 있지도 않네.

나에게는 신하가 없으니 나는 어느 군주의 말도 두려워하지 않네.

나는 내일을 생각하지도 않으며 지난 슬픔은 회상하지도 않네.

이렇게 나는 싸움 없이 숨을 쉬며 조용히 산다오.

---

24) 1184?~1291. 페르시아의 대표적 시인. 《과수원》, 《장미원》 등이 유명함.

세네카는 이렇게 말했다.

"가난한 사람은 많은 것을 원하지만 욕심쟁이는 전부를 원한다. 우리의 작은 몸 속에 그렇게 끝없는 욕망이 있다니!"

크세노폰의 《향연》에서 차르미데스는 가난이 부유한 것보다 나은 이유를 이렇게 설명하고 있다.

"모든 사람이 인정하는 것이지만, 안전하게 느끼는 것이 두려움 속에 있는 것보다 나으며 노예가 되는 것보다 자유로운 것이 낫다. 나라로부터 불신당하는 것보다는 신뢰를 받는 것이 낫다. 그러나 내가 이 도시에서 부자였을 때에는 우선 집에 도둑이 들지 않을까, 내 돈을 빼앗기지 않을까, 또는 내 몸에 해를 끼치지 않을까 하고 두려워했다. 이제 나는 편히 잠들 수 있으며 교구에 봉사하라는 요청을 받지도 않으며 큰 부자가 아닌 까닭에 정부로부터 의심을 받지도 않는다. 나는 이제 마음대로 도시를 떠나기도 하고 도시에 머물기도 한다. 부자였을 때 사람들은 내가 소크라테스와 몇몇 신분이 낮은 철학자들과 사귀는 것을 비난했다. 이제

나는 마음대로 친구를 선택할 수 있다. 왜냐하면 가난해졌으므로 이제 아무도 나에게 더 이상의 관심을 표명하지 않기 때문이다. 많은 것을 가졌을 때 나는 늘 불행했다. 왜냐하면 무엇인가 늘 잃었기 때문이다. 이제는 가난해져서 잃을 것이 없으므로 나는 아무것도 잃지 않는다. 그리고 지금 오히려 무엇인가 얻게 될 희망으로 위로받으며 즐거움을 느끼고 있다."

현명하게 쓰면 돈은 많은 일을 할 수 있다. 황금은 힘이다. 어느 재치 있는 프랑스 사람이 이렇게 말했다.

"돈은 왕 중의 왕이다."

돈은 우리가 원하는 것을 얻게 해준다. 신선한 공기·좋은 집·책·음악 등 즐길 수 있는 것이라면 돈으로 그것을 살 수 있다. 여가가 유익한 것이라면 돈으로 그것을 가질 수 있다. 세상을 구경하는 것이 즐겁다면 돈으로 여행을 할 수 있다. 친구를 돕고, 곤경에 처한 사람을 구하고 싶다면 돈은 이런 큰 축복을 우리에게 줄 수 있다.

《걸리버 여행기》를 쓴 조나단 스위프트는 이렇게 말

했다.

"그러므로 돈을 마음속에 두지 말고 머릿속에 두라."

이것은 돈을 탐하지 말고 가치 있게 쓰라는 뜻이다.

돈 자체의 매력 때문에 돈을 사랑하는 사람, 지나치게 절약하는 사람, 돈을 받기만 하는 탐욕스러운 사람, 금전 출납기에 불과한 사람은 수전노이다. 우리가 인생에서 반드시 배워야 할 한 가지 교훈은 너절하고 하잘것없는 걱정에서 자신을 해방시키는 것이다. 돈을 사랑하는 것은 가장 천박한 것 중의 하나이다.

레크리에이션의 지혜

'일만 하고 놀지 않으면 둔한 아이를 만든다'는 속담이 있다. 만약 공부처럼 집안에서 하는 일이라면 연약한 아이와 약한 어른을 만들 것이다. 유희는 결코 시간 낭비가 아니다. 유희는 육체를 발달시키는 데 중요하며 특히 상체를 발달시켜 준다. 일반적으로 여러 직종의 일들은 팔과 가슴을 펴는 대신 웅크리는 경향을 보인다.

유희는 사람을 건강하게 할 뿐만 아니라 노동에 필요한 원기를 준다. 또 그것은 타인과 어울리는 방법을 가르쳐준다. 즉 작은 일에 양보하고, 공정하게 처신하며, 이익을 지나치게 추구하지 않는 법 등을 가르쳐준다.

유희는 육체적 건강뿐만 아니라 아니라 정신적 건강도 준다. 즉 그것은 과감성 · 인내 · 자제력 · 쾌활성 등의 성품을 길러 주는데, 이런 것들은 어떤 책에서도 찾을 수 없으며, 가르쳐줄 수 있는 요소도 아니다. 웰링턴 공작이 워털루 전투는 이튼스쿨의 운동장에서 승리한 것이라고 한 말은 참으로 옳은 말이다. 학교에서 가르치는 가장 좋고 가장 유용한 학습 가운데 운동장에서 배우는 것도 많다. 그렇지만 유희를 단지 오락으로 삼을 것이지 생업으로 삼지는 말라.

영국 병리학계 권위자 중의 한 사람인 제임스 패짓 경은 이렇게 말했다

"유희는 레크리에이션의 모든 주요 성질을 가진 점에서 훌륭하다. 그러나 그것은 이 점 이외에도 사업이나 일상생활에서 가치가 큰 도덕적 감화를 끼친다. 왜냐하면 그것은 보통 사람들이 갖기 쉬운 금전에 관한 관심을 일으키지 않으며, 어떠한 동기도 없이 사람들로 하여금 협력하게 만들기 때문이다. 그것은 그들과 공정하게 그리고 원만하게 일할 모든 사람이 선의의 동

료가 되도록 가르치고 있기 때문이다. 또한 그것은 인생의 모든 경우에 있어서 성공의 최대 요소인 타인과의 제휴 능력을 가르쳐준다. 유희는 그러한 본질을 떠나서라도 습관상 공정성을 가르친다. 아무리 경쟁이 치열하더라도 반칙은 모두 불명예로 간주된다. 게임에서 공명정대한 습관을 가진 사람은 거래에서 더욱 공정할 것이다. 레크리에이션에서의 수준 높은 정직성은 법 한계 내에서 허용되는 것까지도 경멸하게 된다. 이제 활동적 레크리에이션에서 발견할 수 있고 레크리에이션의 효용이 되고 있는 특징들을 찾아보면 그것들은 모두 다음 세 가지 중 하나 이상을 포함하고 있음을 알게 된다. 즉 불확실성, 경이, 정규적인 작업과는 다른 어떤 기술을 훈련할 기회 등이다. 이 세 가지 요소가 특유한 것은 특히 일반 직업의 작업과는 크게 상반되는 즐거운 변화를 주기 때문이며, 또한 보통 일상 직업에서 너무 사용하지 않아 약화되고 상실되려는 기능과 좋은 기품을 사용할 기회를 주기 때문이다."

일상적 어법에서 사냥·사격·낚시가 스포츠라는 어

휘를 독점하고 있으며, 사냥개나 총 또는 낚싯대를 가지고 여가를 보내거나 즐기지 않던 사람들조차도 이것에 매혹을 느끼고 있다.

그러나 문명의 발전에 따라 점차 유희를 위한 살생이 줄어들고, 동물을 죽이는 행위에서보다는 살아 있는 동물에서 보다 많은 흥미를 발견할 수 있으며, 또 거기서 신선한 공기와 수련을 얻을 수 있는 또 다른 좋은 방법이 있음을 실감하게 되기를 기대한다.

깨끗한 물의 혜택에 관해서 많은 글이 씌어졌지만 마찬가지로 신선한 공기에서도 많은 혜택을 입고 있다. 공기는 참으로 놀라운 것이다! 그것은 우리 몸 전체에 침투한다. 그것은 그것의 존재를 우리가 의식할 수 없을 정도로 부드러운 매체이다. 또한 그것은 꽃과 과일의 향기를 우리들의 방 안까지 실어다 주고, 바다에서 배를 항해시키며, 바다와 산의 청결함을 도시 가운데로 가져다 줄 정도로 강하다. 그것은 소리의 운반자이다. 그것은 사랑하는 사람의 목소리와 자연의 모든 달콤한 음악을 실어다 준다. 또한 공기는 지구를 적셔 주는 비의 커다란 저수지이며 낮의 열기와 밤의 한기를 누그러뜨린다. 또 찬란한 창공을 펼쳐내며 새벽과 저녁의 하늘을 붉게 물들인다. 그것은 아주 부드럽고 순수하며, 어질면서도 유용하다. 그래서 에어리얼[25]이 자연의 모든 요정들 가운데 가장 섬세하고 시랑스럽고 매력적인 것은 놀라운 일이 아니다.

흔히 우리는 날씨가 나쁘다라는 말을 듣는다. 그러나 실제로 나쁜 날씨란 없다. 길이 다를 뿐 모든 공기는 유쾌하다. 어떤 날씨가 농부나 곡식에 해로울 수는 있다. 그러나 인간에게는 어떤 종류의 날씨든 모두 좋다. 햇빛은 기분 좋고 비는 상쾌하며, 바람은 시원하고 눈은 마음을 들뜨게 한다. 러스킨은 이렇게 말하고 있다. "진정으로 나쁜 날씨라는 것은 없다. 다만 다른 종류의 좋은 날씨가 있을 뿐이다."

휴식은 게으름과는 다른 것이다. 여름철에 때때로 나무 밑 풀밭 위에 누워 졸졸 흐르는 물 소리를 듣거나 구름들이 푸른 하늘을 가로지르는 것을 바라보는 것은

---

25) 셰익스피어 작 《템페스트》의 주인공 프로스퍼의 충복인 공기의 요정.

결코 시간 낭비가 아니다.

더구나 일반적으로 운동에는 공기가 따라다니기 때문에 우리는 두 가지 이점을 함께 누리게 된다. 따라서 승마만큼 인간의 내부에 좋은 것은 없다(승마는 심폐기능을 증진시키고 위장의 활동을 강화시킨다). 실로 모든 사람이 적어도 하루에 두 시간쯤 밖에서 보내는 것을 제일 중요하고 성스러운 의무로 삼아야 한다.

신선한 공기는 육체뿐 아니라 정신에도 좋다. 자연은 늘 우리에게 알려줄 커다란 비밀을 품고 있는 것처럼 보인다. 그리고 사실 자연은 커다란 비밀을 말해 주고 있다.

땅과 하늘, 숲과 들, 호수와 강, 산과 바다는 훌륭한 선생으로, 우리가 책에서 배울 수 있는 것보다 훨씬 더 많은 것들을 가르쳐준다. 그러나 그뿐만이 아니다. 당신이 시골로 간다든지, 강에서 노를 젓는다든지, 숲에서 꽃을 딴다든지, 땅 속에서 화석을 채취한다든지, 바닷가에서 조가비나 해초를 줍는다든지, 크리켓이나 골프를 친다든지, 또는 다른 방법으로 신선한 공기 속에서 운동을 하면 당신은 건강을 얻을 뿐만 아니라 걱정·근심·불안 등이 말끔히 없어지거나 여하간 크게 줄어듦을 알게 될 것이다. 자연은 우리를 평정케 하고 침착하게 해주며 힘을 북돋아 준다. 또 자연은 정신을 더욱 맑고 유쾌하게 만들어 준다.

쾌락과 오락에만 몰두하는 생활은 물론 이기적일 뿐만 아니라 참을 수 없이 진부하다. 물론 유희가 업이 되어서는 안 된다. 그러나 적당히 즐기는 것은 태만이 아니다.

우리가 생활을 즐기지 않는다면 그것은 우리의 잘못이다. 러스킨은 이렇게 말했다.

"성취하는 것은 몇몇 사람만이 할 수 있지만 즐기는 것은 모든 사람이 할 수 있다."

《아라비안 나이트》에서 가장 신비한 영험이 있는 물건은 마법의 양탄자이다. 그 위에 앉으면 그 사람이 가고 싶어하는 어떤 곳으로도 데려다 준다. 이제 우리를 위해 철도가 그런 역할을 하고 있다. '우리가 보는 것의 범위를 넓히면 상상의 세계를 더욱 풍부하게 만든

다.'

'좋은 대화'를 이 세상에 존재하는 즐거움 중에서 매우 높은 위치에 두지 않으면 안 된다. 그것은 몸과 마음의 강장제요 식량이다.

인간의 재능 중에서 화술話術만큼 사람마다 다른 것도 없을 것이다. 나는 영리한 사람들을 알고 있는데 그들을 아주 재미있게 만들 수는 있지만 다른 사람들은 종종 그들을 따분하게 만들었다. 이런 점에서 이야기를 잘하는 사람은 늘 환영을 받는다.

모든 것과 마찬가지로 화술도 연마할 수 있다. 어느 누구도 연습하지 않고 이야기를 잘할 수는 없다.

17세기 영국의 정치가 윌리엄 템플 경은 이렇게 말했다.

"능숙한 화술의 첫째 요소는 진실이며 두번째 요소는 분별이다. 그리고 세번째 요소는 능숙한 유머이며 마지막 요소는 기지이다."

그런데 앞의 세 가지는 모든 사람이 어느 정도는 갖고 있다.

많은 사람들이 대화를 통해서 많은 것을 배운다. 베이컨은 이렇게 말했다.

"질문을 많이 하는 사람이 많이 배우며 많이 만족할 것이다. 특히 상대방이 잘 아는 내용을 물으면 더욱 그러할 것이다. 왜냐하면 질문을 받은 사람에게 즐겁게 말할 기회를 주며 또 자기 자신은 계속 지식을 넓힐 수 있기 때문이다."

우리는 어린이들에게 미적 감각을 충분히 함양시키지 못하고 있으며 그에 관해서는 우리 자신들에게도 역시 그러하다. 그러나 어떤 즐거움이 그렇게 순수하고, 그렇게 값싸며, 그렇게 얻기 쉽고, 실로 우리와 그렇게 늘 함께 있을 수 있는가! 어떤 사람은 경치·나무·과일과 꽃·푸른 하늘·양털 같은 구름·반짝이는 바다·호수의 잔물결·강의 희미한 빛·풀밭의 그늘·밤하늘의 달과 별 등에서 섬세한 기쁨을 느낄 것이다. 그러나 다른 사람에게는 이것은 아무 의미도 아닐 수 있다. 달과 별은 아무 의미 없이 빛나고, 새와 곤충, 나무와 꽃·강과 호수·바다·해·달·별 등이 그에게 아무 즐거움도 주지 않을 수 있다.

우리의 인공적인 빛깔들은 '저속한 자부심의 광채를 위해서는 충분히 아름답지만, 사라지는 구름이나 야생 오리의 날개 깃털을 나타내기에는 충분하지 못하다.'

러스킨은 이렇게 말했다.

"심오한 미적 감동으로 바라보아야 할 빛이 있다. 그것은 동틀녘과 해질녘의 빛과 수평선의 푸른 하늘에 봉화처럼 타오르는 주홍색 구름 조각들이다."

하늘의 빛깔들은 땅을 밝혀 주는 듯하다.

"저 너머 서산 봉우리 끝의 오렌지색 착색은 천 년의 저녁놀을 반사하고 있다."

저녁놀은 너무나 아름다워 마치 우리가 천국의 문을 들여다보는 듯하다.

탈무드의 주석자들은 이렇게 말한다.

모든 사람들은 하늘이 준 양식인 만나manna에서 그가 제일 좋아하는 맛을 찾는다. 마찬가지로 구하는 자는 자연에서 그가 가장 즐기는 것을 찾게 될 것이다.

그러면 레크리에이션의 기본은 무엇인가? 진정한 즐

거움이 있는가 하면 거짓 즐거움도 있다. 플라톤은 프로타쿠스로 하여금 소크라테스에게 이렇게 질문하도록 하였다.

"선생님, 그러면 어떤 것이 진정한 즐거움입니까?"

소크라테스는 대답했다.

"이른바 아름다운 색으로부터 느끼는 즐거움, 형체로부터 느끼는 즐거움, 향기로부터 느끼는 대부분의 즐거움, 소리로부터 느끼는 즐거움들과, 존재할 때는 감지할 수 있고 즐거움을 느끼게 하지만 없을 때에는 느낄 수 없고 고통을 주지 않는 물체들로부터 느끼는 즐거움이다."

물론 감각기관이 진정한 즐거움을 줄 수는 있지만 이것이 최고의 선은 아니다. 소크라테스는 계속 말한다.

"필레부스는 오락 · 여가 · 기쁨 그리고 그것들과 비슷한 느낌들이 모든 살아 있는 존재에게 유익하다고 주장하지만 나는 그런 것들이 아닌 지혜 · 지식 · 기억력 그리고 그것들과 유사한 정당한 의견과 참된 이성이 그것들을 소유할 수 있는 모든 사람에게는 쾌락보다 더 낫고 바람직하며, 그것들이 현재에도 그리고 미래에도 모든 것들 중에서 가장 유익한 것이라고 생각한다."

진정한 즐거움은 헤아릴 수 없을 정도로 매우 많다. 친척·친구·대화·책·음악·시·미술·운동·휴식·자연의 미와 다양성·여름과 겨울·아침과 저녁·낮과 밤·햇빛과 폭풍우·숲과 들·강·호수·바다·동물·식물·나무와 꽃·잎과 열매 등은 그것의 일부에 지나지 않는다.

'우리들이 즐길 수 있도록 이 땅의 친절한 열매들'을 달라고 기도드릴 때 사실은 적잖은 천혜天惠를 요구하는 것이다. 더욱이 인류에게 잘 알려지지 않은 많은 새로운 즐거움이 있을 수 있는데, 그것은 문명의 찬란한 발전에 따라서 알려질 것이다.

그러나 여기서 진정한 즐거움의 긴 목록을 모두 말할 생각은 없다. 천진스런 즐거움들이 이렇게도 많은데 하필이면 나쁜 것이나 의심스러운 것을 택할 이유가 무엇인가? 아무튼 될 수 있는 한 좋은 즐거움들을 먼저 향유하라, 다른 쾌락을 생각하는 것은 그 후에도 충분한 시간이 있을 것이다.

소위 인생을 알고 세상을 안다고 말하는 사람들은 아주 크게 잘못 생각하고 있는 것이다. 그런 사람들은 자기 동네를 떠난 적은 없으나 그곳에서 현명하게 관찰한 농부보다도 존재의 실체에 대해 더 알지 못한다.

즐거운 생활이라고 잘못 불리고 있는 탐닉에 빠진 생활은 행복의 가련한 흉내에 불과하다. 이런 생활에 희생된 사람들은 그 잘못이 오직 자신에게 있는데도 세상에 대해 불평한다. 드 뮈세[26]는 이렇게 말했다.

"나는 젊다. 나는 아직 인생 행로의 반밖에 걸어오지 않았다. 그런데 벌써 지쳐서 뒤를 돌아본다."

얼마나 우울한 고백인가! 그가 현명하게 살았더라면 감사하는 마음으로 회고하고 희망을 가지고 앞을 바라보았을 것이다.

인생의 가치는 그것의 도덕적 가치에 의해 평가되어야 한다. '정신이 동료이자 부하인 육체를 현명하게 통

26) 1810~1857. 프랑스의 시인·극작가. 19세기 낭만파의 대표.

치하고 그것을 사랑으로 지배하고, 유익하게 돌보며, 풍부하게 공급하고, 자애롭게 지도할 때 정신과 육체는 완벽한 인간을 만든다. 그러나 육체가 명령을 내리고 격렬한 식욕으로 지성에 폭력을 가하며 의지와 선택의 상위 부분을 장악한다면, 육체와 정신은 이미 적절한 반려자가 아니며 그 인간은 바보스럽고 비참하게 되고 말 것이다. 정신이 육체를 지배하지 않는다면 그것은 진정한 반려자가 될 수 없다. 영혼은 지배하든지 아니면 노예가 되어야 한다.'

교육에 관하여

자고로 현인들은 교육의 중요성을 역설하고 있다.

히토파데사 —— 산스크리트어語로 된 인도 설화 ——
— 중에 다음과 같은 말이 있다.

"모든 보물 가운데 지식이 가장 귀중하다. 왜냐하면
지식은 도둑맞거나 주어버리거나 소모시켜버릴 수 없
기 때문이다."

플라톤은 또 이렇게 말하고 있다.

"교육은 선량한 사람들이 가질 수 있었던 가장 멋있
는 것이다."

그리고 몽테뉴는,

"무식은 악의 어머니다."

라고 공언했으며, 풀러[27]는,

"학문은 주어질 수 있는 최대의 지혜이다."

라고 설파했다.

　무지한 삶은 비교적 흥미없는 삶일 것이다. 사람은 단순한 생계 수단으로서뿐만 아니라 삶의 수단으로서도 지식을 필요로 한다고 한 것은 옳은 말이다.

　14세기 이탈리아 학자 페트라르카[28]는 자기가 제일 좋아한 것은 배우는 것이었다고 말했다. 세이 경의 다음과 같은 말을 통해 아마 셰익스피어도 자신의 견해를 표현하고자 했을 것이다.

　무지는 신의 저주

　지식은 하늘로 날아가는 날개.

　솔로몬은 아름다운 구절로 이렇게 말하고 있다.

---

27) 1810~1850. 미국의 여류평론가.
28) 1304~1374. 이탈리아 문예 부흥기의 시인. 저서로 《서정시집》, 《아프리카》 등이 있음.

지혜를 얻은 자, 총명을 얻은 자

행복할 것이로다.

그것은 은銀보다 나으리니.

지혜를 얻는 것은

질좋은 금을 얻는 것보다 나을 것이로다.

그것은 홍옥보다 귀하리니.

그대의 모든 재보도 이것과 비교할 수 없으리

지혜의 오른손엔 장수長壽, 왼손에 부와 명예가 있

도다.

지혜의 길은 즐거운 길

내내 평안하리로다.

그러나 이와 반대되는 의견이 특히 여자에 관해 오랫동안 지배적이었다. '옷장이 여자의 책장'이라는 독일 속담이 있다. 또 프랑스 속담에 '여자는 네 권의 복음서나 네 벽 속에 가둬 두어야 한다'는 말이 있다. 한편에서는 가난한 사람들 그리고 다른 한편으로는 신사들이 교육과 무관하다고 생각하던 시대가 지금부터 그리

먼 옛날도 아니다. 교육을 그저 성직자나 승려를 위한 일로 생각했던 적이 있었다. 바로 이런 생각이 영어의 'clerk'라는 단어에 나타나고 있다.[29] 심지어 새뮤얼 존슨[30] 박사처럼 그렇게 현명하고 훌륭한 사람도 거의 자명한 원칙처럼 다음과 같이 말하고 있다.

"만약 모든 사람이 글을 배우면 세상에서 육체 노동을 할 사람을 찾기가 불가능할 것이다."

존슨 박사는 위대한 문필가였지만 노동의 존엄성과 중요성을 인식하지는 못했다.

그러나 교육에 관한 이러한 태도는 시대가 지나도 좀처럼 나아지지 않았다. 고작해야 교육이 직업과 특별한 관계가 있다는 생각을 했을 뿐이다. 즉 자녀들을 그들의 신분보다 높게 교육시키지 않도록 주의를 기울일 필요가 있다는 것이다. 예를 들면 가난한 집 아이들에게는 읽기, 쓰기, 수학만이 필요하다는 것이었다. 왜냐

---

29) 예전에 이 단어는 '성직자'란 뜻과 '학자'라는 뜻으로 쓰여졌다. 지금은 사무원, 점원의 뜻으로 쓰인다.

30) 1709~1784. 영국의 저술가. 저서 《영어사전》, 《라셀라스》, 《영국시인전》 등이 있음.

하면 읽기와 쓰기는 사무를 보는 데 필요하며 수학은 금전 계산을 하는 데 필요하기 때문이었다.

해즐릿[31]은 장사를 할 아이들에게는 읽기와 쓰기 그리고 수학 이외에는 가르쳐주지 말아야 한다고 주장했다. 또 누구든지 머릿속에 든 것이 없더라도 돈을 벌 수 있을 것이라고 말했다.

이것이 교육에 대한 제2단계 관점이다.

오늘날 우리들은 인간을 그저 유능한 노동자로 만들기 위한 교육 제도가 아닌 노동자를 훌륭한 인간으로 만들기 위한 교육을 지지한다. 이런 점에서,

"학교를 여는 자는 교도소를 닫는다."

라는 빅토르 위고의 말은 적절한 표현이었다.

한 스위스의 정치가는 이렇게 말했다.

"대부분의 우리 아이들은 가난하게 태어난다. 그러나 우리는 그들이 무식하게 자라지 않도록 배려해야 한다."

---

31) 1778~1830. 영국의 비평가·수필가.《셰익스피어극의 성격》,《탁상 담화》등이 있음.

매슈 아놀드[32]는 그의 《교양과 무질서》에서 문화와 우아와 광명이 모두 달빛에 불과하다고 생각하는 사람이 아직 많다고 말했다. 그러나 이 책은 1869년에 씌어진 책이다.

교육법이 통과된 1870년은 영국의 사회사상 가장 중요한 시기였다. 이때 영국 초등학교 학생 수는 140만 명이었다. 그러나 지금은 5백만 명이 넘는다. 그 결과는 무엇인가? 먼저 범죄 통계를 들어보자. 1877년까지 수감자 수는 증가 추세를 보이고 있었다. 그 해의 평균 수감자 수는 2만 8백 명이었다 그로부터 그 수는 꾸준히 감소되어 이제는 겨우 1만 3천 명이다. 따라서 대략 3분의 1이 감소된 것이다. 그러나 우리는 그 동안 인구가 꾸준히 증가했다는 점을 고려하지 않으면 안 된다.

1870년 이후 지금까지 영국의 인구는 3분의 1이 증가했다. 따라서 범죄자 수가 같은 비율로 증가했다면 1만 3천 명의 2배가 넘는 2만 8천 명이 되었을 것이다. 그

---

32) 1822 ~1888. 영국의 시인 비평가. 빅토리아 왕조 최고의 비평가 《시집》, 《교양과 무질서》, 《문학과 독단》 등이 있음.

렇게 되었으면 경찰과 교도소를 위한 지출이 4백만 파운드가 아니라 적어도 8백만 파운드가 되었을 것이다.

청소년 범죄의 감소는 더욱 더 만족스럽다. 1856년에 기소된 청소년 범죄자는 1만 4천 명이었다. 1866년에는 그 수는 1만 명으로 떨어졌으며, 1876년에는 7천 명으로, 1881년에는 6천 명으로 줄어들었다. 내가 입수한 최근 통계는 5천1백 명이었다.

이제 눈을 돌려 빈민 통계를 보면 1870년에는 인구 1천 명당 빈민 수는 47명이 넘었다. 제일 높았을 때는 52명이나 되었다 그 이후 빈민 수는 22명으로 줄어들었다. 그리고 수도권 지역의 빈민 수는 전국 평균보다 훨씬 적은 것을 자랑스럽게 덧붙이고 싶다. 따라서 그 비율은 과거의 절반도 되지 않는다.

빈민 구호 세금으로 충당된 빈민 구호를 위한 세출은 8백만 파운드이다. 빈민의 수가 종전과 같은 비율로 남아 있었다면 빈민 구호를 위한 세출은 현재보다 8백만 파운드가 더 많은 1천6백만 파운드가 넘을 것이다. 만약 우리가 지금 20년 전과 같은 세율로 세금을 낸다면 범죄자를 위한 세출은 4백만 파운드가 더 늘어날 것이며, 빈민 구호를 위한 세출은 8백만 파운드가 더 많아질 것이다.

중범죄에 관한 통계는 더욱 주목할 만하게 만족스럽다. 1864년으로 끝나는 5년간의 징역형에 언도된 사람의 연평균은 2천8백 명이었다. 그 수는 인구의 증가에도 불구하고 꾸준히 줄어들어 작년에는 4분의 1인 겨우 729명밖에 되지 않았다. 영국의 8개 교도소가 사실상 불필요하게 되어 다른 용도로 사용되고 있다.

범죄와 무지가 밀접한 관계가 있음을 보이기 위해 또한 다음과 같은 통계를 제시하겠다. 내가 입수한 최근 통계에 따르면 징역형을 언도받은 15만 7천 명 중 5천 명만이 글을 읽고 쓸 수 있었으며, 소위 교육을 받은 사람은 2백 50명에 불과했다.

그러나 이 문제를 단순히 돈의 문제로만 취급하려는 것은 아니다. 내가 이런 고찰을 한 것은 비용 때문에 교육 실시를 반대하는 사람들에게 대응하기 위해서였다.

물론 여러 가지 일들을 참작해야 하고 다른 사정들도 고려되어야 하며, 이 통계 수치가 흥미롭고 매우 만족스러운 동시에 어떤 경우에는 과학적 정확도를 주장할 수 없다는 것을 나는 알고 있다.

영국 범죄의 극히 일부만이 고의적인 악심惡心이나 저항할 수 없는 유혹에 의해 저질러졌다는 것은 사실이다. 음주와 무지는 범죄의 커다란 원천이다. 교육에서 얻은 만족스러운 결과는 아이들이 학교에서 선善을 배우고, 청결과 질서의 습관을 습득할 뿐만 아니라 그들이 거리에서 나쁜 짓을 배우지 않고, 범죄자와 부랑자들로부터 무서운 짓을 배우지 않으며, 그들의 행위를 보는 것으로부터 보호되었던 데에 기인한다.

그리하여 우선 빈민과 범죄자가 줄어듦으로써 빈민 구호 세금이 줄고, 특히 청소년 범죄가 줄었으며 교도소가 비어 있게 되는 점에서 교육의 필요성을 실감하게 된다.

교육은 변호사나 성직자, 군인이나 교사, 농부나 직공을 만들기 위한 것이 아니라 인간을 만들기 위한 것이다. 밀턴은 이렇게 말했다.

"내가 완전하고 충실한 교육이라고 부르는 것은 전시나 평화시를 막론하고 공사의 모든 직무를 바르고 능률적으로 도량 있게 행할 능력을 키워 주는 교육을 말한다."

철학자들은 사실의 문제를 사변으로 해결할 수 있다고 가정해왔다. 플루타르크는 닭과 계란 중 어느 것이 먼저인가 하는 문제에 관한 흥미 있는 논의를 소개했다.

한 대답은 닭이 먼저라고 했는데 그 이유는 모든 사람이 달걀(닭의 알)이라고 말하지 계란의 닭이라고는 말하지 않는다는 점을 지적했다.

19세기 영국의 작가 제프리스는 이렇게 말했다.

"만약 많은 책 속에서 사상을 발견하려고 한다면 실망할 것이다. 사상은 개울과 바닷가에, 산과 숲 속에, 그리고 햇빛과 자유로운 바람 속에 머무르고 있다."

그러나 불행하게도 우리가 원하는 만큼 냇물과 바다, 숲과 햇빛, 신선한 공기에 접근할 수 없다. 더구나 사상이 책 속에 있는 것도 틀림없는 사실이다. 그러나 그것들을 판단력을 가지고 사용하지 않으면 안 된다. 언어는 매우 불완전한 표현 수단이다.

학교를 졸업한 뒤 사람들이 계속 배우면서도 많은 사람들이 실패하는 것은 내가 언급한 것처럼 우리의 제도에 결함이 있기 때문인 듯하다. 살아가면서 배움을 계속하는 것은 사실이다. '살면서 배운다'라는 옛 속담이 있다. 그러나 문제는 우리가 우연히 손에 쥔 신문이나 소설에서 단편적인 지식을 되는대로 습득하느냐 혹은 충분히 자기 훈련과 교육이라고 말할 수 있는 것을 계속 실시하느냐 하는 점이다.

교육이란 젊은이는 배워야 하고 노인은 애국심과 충성 그리고 극기와 미덕의 교훈을 기억할 수 있게 하는 것이어야 한다. 존 헌터[33]의 다음과 같은 말은 많은 사람들의 공감을 얻었다.

"어려서 나는 구름과 풀에 관해서 그리고 가을에 나뭇잎의 색이 변하는 이유를 알고 싶어했다. 나는 개미·벌·새·올챙이·유충을 관찰했으며 아무도 모르

---

33) 1728~1793. 영국의 외과의사·해부학자·병리학자.

거나 전혀 관심을 갖지 않는 일에 관한 질문으로 사람들을 괴롭혔다."

로크는 그의 교육에 관한 논문에서 이렇게 쓰고 있다.

"나는 책에 관해서 단지 이것만을 말하겠다. 내 생각으로는 책과 대화를 하는 것이 학문의 주요 부분은 아니다. 그것에는 명상과 토의가 추가되어야 한다. 이것들은 각기 우리의 지식을 개선하는 데 이바지한다. 독서는 정련되지 않은 자료들을 모으는 것에 불과한데, 그 정련되지 않은 자료들 중 많은 부분은 소용이 없는 것이므로 버리지 않을 수 없다.

명상은, 이를테면 자료를 골라 맞추고, 나무를 짜맞추고, 돌을 깎아 건물을 짓는 것이다. 친구와의 토의는 —— 큰 소리로 논쟁을 벌이는 것은 무익하다 —— 이를테면 건물의 구조를 검사하고, 방에 들어가 걸어보고, 부분들의 대칭과 조화를 관찰하며, 건물이 견고한지 또는 결함이 있는지를 알아보고, 잘못된 것을 발견하고 시정할 최상의 방법을 생각하는 것과 같다. 뿐만

아니라 토의는 때때로 진리를 발견하며 우리에게 기억
시키는데, 이 점에서 독서와 명상에 뒤지지 않는다."

자기 계발의 지혜

교육은 우리의 모든 능력의 조화로운 계발이다. 교육은 육아실에서 시작되어 학교에서 계속되나 거기에서 그치는 것은 아니다. 우리가 원하든 원하지 않든 교육은 평생 계속된다. 다만 한 가지 문제는 나중에 생을 돌이켜볼 때, 배우는 것들이 현명하게 선택되었는지 아니면 되는대로 선택되었는지 하는 점이다. 《로마제국 흥망사》를 쓴 18세기 영국의 역사가 에드워드 기번은 이렇게 말했다.

"모든 사람이 두 가지 교육을 받는데, 그 하나는 다른 사람에게서 받는 교육이다. 그리고 다른 하나는 자기가 자신에게 행하는 교육으로 전보다 더 중요한 교육이다."

우리가 자신에게 가르치는 것은 사실 다른 사람에게서 배우는 것보다 더 유용하다. 존 로크[34]는 이렇게 말했다.

"교사의 규율과 구속으로 지식을 넓히거나 또 과학적으로 위대한 업적을 남긴 사람은 일찍이 한 사람도 없었다."

당신이 원한다 해도 당신의 마음을 비우거나 청소하거나 장식할 수 없다. 유일한 문제는 당신의 마음에 선과 악 중 어느 것을 맞이할 준비를 하는가 하는 점에 있다.

학교에서 공부로 두각을 나타내지 못한다고 해서 낙담할 필요는 없다. 가장 위대한 사람이 반드시 조숙한 법은 아니다. 만약 당신이 노력을 하지 않는 탓이라면 —— 당신은 낙담해야 한다고 말하지는 않겠지만 —— 당신은 부끄러워해야 한다. 그러나 당신이 최선을 다

---

34) 1632~1704. 영국의 철학자·정치학자. 경험주의 철학의 창시사. 저서《인간 오성론》은 인식론에 이어서 경험설을 확립한 철학상의 획기적 산물임.

했다면 끈질기게 노력하기만 하면 된다. 왜냐하면 학교에서 뛰어나지 않았던 사람 중 많은 사람들이 훗날 대성했기 때문이다. 웰링턴과 나폴레옹은 모두 공부를 못하던 학생이었으며, 아이작 뉴튼, 딘 스위프트, 클라이브35), 월터 스코트36), 셰리던37) 등 다른 많은 유명한 사람들도 마찬가지였다.

따라서 학교 성적이 뒤떨어졌던 사람들이 사회에서 성공하지 못한다고 단정지을 수 없음은 자명하다.

천재는 무한히 노력하는 사람이라는 말은 옳은 말이다. 릴리는 다음과 같이 기묘하게 말하고 있다.

"만약 타고난 성품이 그의 역할을 수행하지 않으면 노력은 소용없게 될 것이다. 그러나 또한 공부를 하지 않으면 천품도 소용이 없게 될 것이다. 이 말의 뜻은 천부적인 소질이 작용하지 않으면 공부를 해도 소용이 없으며, 공부를 하지 않으면 소질도 소용이 없다는 것

---

35) 1725~1774. 영국의 군인·정치가.
36) 177~1832. 영국의 낭만파 시인·소설가. 《아이반호》 이외에 다수의 작품이 있음.
37) 1751~1816. 영국의 정치가·극작가.

이다."

　반면에 명석하고 영리한 많은 소년들이 건강이나 근면 혹은 품성의 결함 때문에 불행히도 '겹꽃은 피우지만 열매를 맺지 못한 식물처럼'이라는 괴테의 말처럼 실패하여 마차꾼이 된다든가 호주에 가서 양털을 깎는다든가 혹은 호구지책으로 잡문이나 쓰게 되는 반면, 비교적 둔하지만 근면하고 지조가 고결한 소년이 꾸준히 상승하여 자신의 이름을 날리고 나라에 봉사하며 명예로운 자리를 충족시켰다.

　어떤 경우 교육의 가치에 관한 의혹이 일어나는데, 그 이유는 아놀드 박사가 말했듯이 무지와 순진을 혼동하기 때문이다. 많은 사람들은 그것으로 자신을 위로하는 듯하다. 그러나 인간으로부터 지식을 제거하면 유아의 상태로 돌아가는 것이 아니라 짐승의 상태로 돌아간다. 사실 짐승 중에서도 가장 유해하고 흉악한 야수의 상태로 돌아가는 것이다. 왜냐하면 아놀드 박사가 다른 글에서 지적했듯이 사람이 자기 삶의 지침이 되어야 할 교육에 소홀하면 그는 욕정의 노예가 되고 두 시대의 해독, 즉 어린이의 무지와 어른의 악습만 남기 때문이다.

학교 교육에서 올바른 출발을 한 사람이라면 평생토록 교육을 중단하지 않는다. 우리가 단지 하찮은 이익을 위해 공부를 해야 한다든가, 공부를 소위 독일인들이 말하는 '밥벌이'를 위한 공부에 국한시켜야 한다고 생각하는 것은 교육을 아주 천박하게 보는 견해이다.

소로[38]는 이렇게 말했다.

"1달러짜리 은화를 줍기 위해 사람들은 쓸데없는 일을 한다."

다음과 같은 슬픈 프랑스 속담이 있다. '젊은이에게 지혜가 있고 늙은이에게 힘이 있다면 얼마나 좋을까.'

교육은 바로 이 두 가지 필수품, 즉 젊은이의 힘과 노인의 지혜를 우리에게 마련해 줄 것이다. 프랭클린은 이렇게 말했다.

"경험은 수업료가 비싼 학교이지만 바보들은 다른 곳에서는 아무것도 배우지 못한다."

---

38) 1817~1862. 미국의 시인·문명 비평가. 대표작은 《월든Walden》임.

그러므로 영원히 산다는 생각으로 공부하고 내일 죽는다는 듯이 생활하라.

인생의 출발을 잘하면 반은 성공한 셈이다.

자식을 도리대로 가르쳐라.

그러면 노년에도 도리에서 벗어나지 않을 것이다.

시작을 잘하라. 그러면 갈수록 점점 쉬워질 것이다. 반면에 거짓된 출발을 한다면 형세를 만회하는 것이 점점 어려워진다. 배우는 것도 어렵지만 배운 것을 잊는 것은 더욱 어렵다

제도·사상·인물·책 속에서 가장 훌륭한 것들을 마음에 새겨 두도록 노력하라. 다른 사람이 우리보다 더 많이 아는 것을 부끄러워할 필요는 없다. 그러나 우리가 배울 수 있는 것을 모두 배우지 않는 것에 대해서는 부끄러워해야 한다.

교육은 단순히 언어나 여러 가지 사실들을 배우는 것만으로 구성되는 것은 아니다. 교육은 단순한 교습과

는 다른 것이며 그것보다 차원이 높은 것이다. 교습은 가까운 장래의 사용을 위해 지식을 저장하는 것이지만 교육은 뒤에 30배, 60배 아니 100배의 열매를 맺을 씨 앗을 뿌리는 것이다.

지식이 지혜보다 못한 것이 사실이지만, 때때로 지식 을 제대로 평가하지 못하는 경우가 있음을 지적하지 않을 수 없다. 예를 들면, 다음과 같은 말이 지식을 옳 게 판단하지 못하고 있는 말이다.

지식은 그 박학博學을 자랑하고
지혜는 아무것도 모른다고 부끄러워하네.

그러나 이 말은 맞지 않는다. 가장 많이 배운 사람은 스스로 아는 것이 얼마나 적은가를 누구보다도 잘 알 수 있다. 버틀러[39]는 이렇게 말했다.

"연구 의욕과 호기심이 강한 학자는 자기가 하고 있 는 일에 과오를 범하지 않도록 주의해야 한다. 만약 그

---

39) 1692~1752. 영국의 신학자.《종교의 유비類比》가 있음.

들의 발견이 실증, 실천의 동기 또는 실천상의 조력으로서 미덕과 종교에 공헌한다거나 인생의 불행을 덜어주고 인생의 만족을 증진시킨다면, 그들의 발견은 아주 유용할 것이다. 그러나 단순히 사물을 밝히거나 사물 그 자체를 위해 사물을 밝히는 것은 오락이다. 기분전환 이외에는 아무런 효용도 없다."

그러나 어떤 것의 진리를 밝히는 것은 그 자체로 하나의 성취이며, 조만간 그것이 유용한 것으로 판명될 것은 확실하다.

재료의 선택에 부주의한 사람은 훌륭한 건축가가 될 수 없다. '사물을 밝히는 것'의 결과가 어떤 것이 될지는 아무도 예측할 수 없다. 때로는 실제로 무용한 것처럼 보이는 지식의 여러 단계들이 가치 있는 것으로 판명되어 왔다.

지식은 힘이다.

"전신기電信機에 관한 지식은 시간을 절약케 하고, 필기술의 지식은 인간의 말하기와 왕복의 수고를 덜어주며, 가정 경제에 관한 지식은 수입을 늘려 주고, 위생 법칙에 관한 지식은 건강과 생명에 도움을 주며, 지능에 관한 지식은 두뇌의 소모와 피로를 덜어 준다. 그리고 영혼의 법칙에 관한 지식, 이 지식이 도움을 줄 수 없는 것이 무엇이 있겠는가?"

허버트 스펜서[40]는 이렇게 말했다.

"직접적 자기 보존을 위해서 또는 생명과 건강의 유지를 위해서 가장 중요한 지식은 과학이다. 우리가 생계 유지라고 부르는 간접적 자기 보존을 위해 가장 가치 있는 지식은 과학이다. 어버이의 구실을 온당하게 하기 위한 적절한 방침은 과학이다. 국민이 자신의 행동을 규제하는 데 불가결하고 과거와 현재의 국민 생활의 해석을 위해 필요불가결한 것은 과학이다. 모든 형태의 예술을 가장 완벽하게 창조하고 가장 깊이 감상하는 데 필요한 준비도 역시 과학이다. 지적·도덕적·종교적 수련의 목적들을 위해서 가장 효율적인 학문도 또한 과학이다."

17세기 스페인의 작가 발타자르 그라시안은 이렇게

---

40) 1820~1903. 영국의 철학자·사회학자.《종합철학대계》를 지음.

말했다.

"아무것도 모르는 사람은 전혀 사는 것이 아니다."

오스본은 그의 《아들에의 훈화》에서 이렇게 주장했다.

"우리를 천국으로 인도할는지도 모르는, 이 세상에서 배울 수 있는 유일한 지식은 과학이다."

이 말은 좀 의심스럽지만 어쨌든 조수아 피치 경은 다음과 같이 현명하게 말했다.

"나 자신의 인생을 돌이켜보고 대학까지의 학창 시절을 생각하면 내가 배웠던 모든 것, 모든 역사적 사실, 모든 수학 공식, 모든 문법의 규칙, 달콤하고도 흥겨운 시의 모든 구절, 모든 과학적 진리 등이 전혀 예상치 못한 방법으로 계속 다시 나타나 내가 믿을 수 있었던 것보다 더 유용했다. 그것들은 내가 읽고 있는 책과 우리 주위에서 일어나고 있는 사건들의 경과를 더욱 깊이 이해하도록 도왔으며 전반적인 인생에 대한 시야를 보다 넓고 흥미롭게 해주었다."

끝으로 딘 스탠리의 말을 인용하겠다.

"진리에의 순수한 사랑은 아주 드물지만 매우 유익하다. 우리는 그것의 진가를 단번에 알지는 못한다. 과학자들의 발견에 의해 이 세상의 행복이 얼마나 크게 증진되었는지는 아마도 이 시대, 또는 다음 시대에도 인식하지 못할지 모른다. 과학자들은 진리에 대한 일편단심의 사랑으로 과학에 매혹되었기 때문에 진리의 발견에 매진하고 있는 것이다."

"지식은 이스라엘의 족장 —— 아브라함·이삭·야곱의 꿈에 나타난 신비스러운 사다리와 같다. 그것의 기초는 원시적 토양 위에 놓여 있고 그 꼭대기는 높은 하늘의 희미한 광채 속에서 사라진다. 전설 시대에 과학과 철학, 시와 학식의 사슬을 쥐고 있었던 위대한 저자들은 이 성스러운 사다리를 오르내리면서 이를테면 이승과 천국 사이의 통신을 유지한 천사와 같았다."

그러나 많은 경우 위대한 발견을 한 당사자들이 알려지지 않은 것은 애석한 일이다. 애석한 이유는 그들 자신 때문이 아니라 우리가 그들을 감사하는 마음으로 기억하고 싶기 때문이다. 위대한 발견자들 중 자신이

나 명예를 위해서 일한 경우는 거의 없다.

> 그들은 그칠 줄 모르는 열의로 진리를 추구하여 즐거
> 움 없는 길을 걸었다.
> 그들은 칭찬이나 비난에 아랑곳하지 않고 일했다.
> 그리고 나머지를 신에게 맡겼다.
> 시인들이 그들의 일들을
> 불후의 노래나 이야기하지 않더라도
> 그들의 공적은 천상에 씌어 있고
> 그들의 화환은 영광의 왕관이다.

연구에 전념하고 몰두하는 것은 인생을 즐기는 데 절
대적으로 필요하다. 자기가 하고 있는 일에 마음을 반
밖에 쓰지 않는다면 그 일을 성취하는 데 몇 배의 힘이
든다.

인간의 행복 속에 지적 즐거움이 너무 적게 포함되어
있다는 것은 애석한 일이다. 학교라는 단어는 원래 휴
식이나 오락을 의미했었다. 19세기 영국의 전기작가

몰리 경은 이렇게 말했다.

"우리가 항상 현명한 생각과 올바른 감정을 지니고 살아야 하는 것은 행복과 직분을 위해서이다."

인간의 두뇌는

사고思考의 전당이며 영혼의 궁전이어야 한다.

이것은 시인 바이런의 말이다.

인간은 모든 것을 자기 기준으로 측정한다. 산의 높이와 바다의 깊이를 사람의 발의 길이인 피트로 잰다. 그리고 수학 체계도 인간의 손가락 수에 기초를 두고 있다. 그렇다면 인간은 얼마나 가련한 동물인가! 인간은 가련하면서도 위대해질 수 있지 않은가!

그리고 인간은 무엇인가?

파스칼은 이렇게 말했다.

"인간은 자연에서 가장 연약한 갈대에 불과하다. 그러나 그는 생각하는 갈대이다un roseau pensant. 인간을 분쇄하기 위해 무장할 필요도 없다. 숨 한번 내쉬는 것으로, 물 한 방울 떨어뜨리는 것만으로 사람을 파괴하기에 충분하다. 그러나 우주가 인간을 부순다 해도 인간은 여전히 우주보다 더 고귀하다. 왜냐하면 인간은 죽는다는 것을 알고 있지만 우주는 힘으로는 인간을 압도하더라도 자신의 힘을 알지 못하기 때문이다."

인간을 완벽하게 하는 데에 필수적인 자질은 무엇인가? 그것은 냉철한 두뇌, 따뜻한 가슴, 건전한 판단력, 그리고 건강한 신체이다. 냉철한 두뇌가 없으면 우리는 성급한 결론을 내리기 쉽고, 따뜻한 가슴이 없으면 이기적 인간이 될 것이 확실하며, 건강한 신체가 없으면 우리는 아무 일도 할 수 없다. 그리고 건전한 판단력이 없으면 설혹 훌륭한 의도일지라도 선善보다는 해악을 끼치기 쉽다.

친구를 칭찬하고 싶을 때 우리는 그를 완벽한 신사라고 말한다. 대커리[41]는 이렇게 말했다.

"신사가 되는 것은 어떤 것인가? 그것은 정직하고, 온후하고, 용감하고, 현명해지고, 이런 자질들을 모두

---

41) 1811~1863. 영국의 소설가. 대표작은 《허영의 거리》.

소유하면서 그것들을 가장 우아한 태도 속에 나타내는 것인가? 신사란 우리들이 생각하는 것보다는 드문 것이다."

왕은 작위를 내릴 수는 있지만 신사를 만들 수는 없다. 그러나 우리는 선택만 잘하면 모두 고귀해질 수 있다.

19세기 영국의 대부제大副祭 파라는 이렇게 말한다.

"가장 완전무결한 사람이란 절제 · 금주 · 정결로 튼튼한 건강을 유지하고, 그 마음은 경험과 고금인사古今人士들의 고귀한 사상으로부터 얻은 지혜의 풍부한 창고이며, 그 상상력은 순수함과 아름다움의 화랑이며, 그의 양심은 자신과 신과 전세계에 부끄럽지 않으며, 그의 영혼은 성령이 안주할 만한 신전이라고 여겨지는 그런 사람이다."

19세기 영국의 철학자 존 스튜어트 밀은 이렇게 말하고 있다.

"자신을 교육시키는 진정한 방법은 모든 것에 의문을 느끼는 것이다. 즉 어떤 어려움이든 피하지 말 것, 부정적인 비판의식으로 엄격히 음미하지 않고는 자신이나 다른 사람의 설說을 신뢰하지 말 것, 생각의 오류나 모순 또는 혼란을 단 하나라도 간과하지 말 것, 특히 한 낱말이라도 사용하기 전에 반드시 그 뜻을 분명히 이해하도록 하며, 어떤 명제든지 그것에 동의하기 전에 반드시 그 뜻을 분명히 이해하는 것 등이다. 이런 것들이 우리가 배우는 교훈이다."

이런 교훈들은 우리 모두가 배울 수 있는 것이기도 하다.

교육의 초기 단계에서는 적어도 모든 사람들이 동등할 수 있다. 지위나 재산이 실질적으로 유리한 점이 되지 못한다. 18세기 영국의 동양학자 윌리엄 존스 경은 자신은 농부의 몸으로 태어나 군주의 교육을 받았다고 말했다. 배움에는 왕도王道가 없다. 아마 모든 길이 왕도라고 말하는 편이 보다 진실된 말일지 모르겠다. 교육의 보상은 얼마나 큰가! 교육은 세계의 역사를 빛내고 세계의 역사를 빛나는 진 보의 길로 나아가게 만든다. 교육은 우리로 하여금 세계 문학을 감상할 수 있게 해준다. 그리고 우리를 위해 자연이라는 책을 펼쳐 도처에서 흥미의 원천을 창조해낸다.

교육은 '그는 모든 면에서 훌륭한 사람이다. 그런 사람을 다시는 볼 수 없을 것이다' 라는 말을 듣게 해줄 수는 없을지 모르지만, 적어도 '그의 인생에는 그날그날의 아름다움이 있었다'는 말은 듣게 해줄 수 있다. 왜냐하면 우리는 본능적으로 참된 교육을 갈망하고 있기 때문이다.

이런 점에서 교육은 우리의 존경과 찬미의 감정을 심화시키고 강화시키도록 짜여지지 않으면 안 된다. 교육이 모든 경우에 성공하지 못한다면 그것은 교육 자체의 잘못이 아니라 교육받은 사람이 흔히 가지기 쉬운 경솔한 마음 때문이다.

왜냐하면 인간이 배우려는 의욕을 갖는 것은 때로는 자연적인 호기심과 연구심 때문이고, 교육을 통해 변화와 즐거움으로 마음을 즐겁게 하려는 때문이며, 지식과 명성 때문이지 천부의 이성을 충분하게 활용하여 인간의 이익과 실용에 진지하게 기여하려는 생각은 거의 없기 때문이다. 이것은 마치 연구하느라 쉬지 못한 정신이 편안히 쉴 긴 의자를 지식에서 구하는 것처럼 보인다. 또는 방랑을 좋아하고 변덕 많은 사람이 아름다운 경치를 보면서 서성이는 테라스나, 자부심이 강한 사람이 쉴 웅장한 탑이나, 투쟁과 전투를 위한 요새나, 지휘 장소나, 이익이나 매매를 위한 상점을 지식에서 찾는 듯하다. 그러나 조물주를 영광되게 하고 인간의 살림을 구제할 보고寶庫를 찾는 것은 아닌 것 같다.

독서의 지혜

인류와 책의 관계는 개인과 기억의 관계와 같다. 책 속에는 인류의 역사가 있고, 인류가 이룩한 발견들이 있으며, 모든 시대의 축적된 지식과 경험이 있다. 책은 자연의 경이로움과 아름다움을 우리에게 보여주고, 곤란할 때 우리를 도와주며, 슬픔과 고통을 겪을 때 우리를 위로하고, 지루한 시간을 즐거운 순간으로 바꾸어 주며,우리 마음속에 생각들을 축적해 주고, 우리를 자기 밖으로, 그리고 자기 이상으로 끌어올리는 선량하고 행복한 생각으로 우리 마음을 충족시킨다.

상상은 때때로 현실보다 더 선명하다. 우리가 책을 읽을 때 —— 만약 우리가 원한다면 —— 우리는 왕이 되어 궁전에서 살 수 있다. 그러나 더욱 좋은 것은 우리가 피로를 느끼지 않고 불편 없이 그리고 비용을 들이지 않고 산이나 바닷가 등 지구의 가장 아름다운 곳을 찾아갈 수 있는 것이다.

존 플래처[42]는 이렇게 말했다.

내가 즐겁게 지내도록 내버려두라.

가장 좋은 벗인 책들이 있는 곳은

내게는 영광스러운 궁전과 같도다.

나는 거기서 항상 옛 현인들과 철학자들과

대화를 나눈다.

그리고 변화를 위해 때때로

나는 왕이나 황제들과 이야기를 나누며

그들의 충고를 평가한다.

만약 부정하게 취한 것이면

그들의 승리도 준엄하게 힐난하고

---

42) 1579~1625. 영국의 극작가. 작품 《처녀의 비극》, 《충실한 여자 양치기》 등이 있음.

내 공상 속에서 잘못 놓인

그들의 조상彫像을 지워버린다.

그렇다면 내가 불확실한 허영을 잡으려고

그런 끊임없는 즐거움을 버릴 수 있겠는가?

아니다. 너희는 부를 더 쌓기를 원하겠지만

나는 지식을 더 늘리기를 원한다.

흔히 책을 친구에 비유한다. 무자비한 죽음은 살아 있는 벗들 중에서 가장 훌륭하고 총명한 친구를 앗아 가지만, 책에서는 시간이 나쁜 것을 죽이고 좋은 것을 순화시킨다.

세상에서 누릴 수 있는 호강을 모두 누린 사람들 중 그들의 가장 순수한 행복의 대부분을 책에서 얻었다고 애스컴[43]은 그의 교육론인 《교사론》에서 제인 그레이 부인을 마지막으로 찾아간 감동적인 이야기를 들려주

---

43) 1515~1568. 영국의 학자·교육론자. 그의 저서 《교사론》, 《궁술론》 등은 명쾌한 산문의 전형으로 손꼽힘.

고 있다. 그가 찾아갔을 때 그녀는 퇴창退窓가에 앉아서 소크라테스의 임종에 관한 플라톤의 아름다운 기술記述을 읽고 있었다. 그때 그녀의 아버지와 어머니는 공원에서 사냥을 하고 있는 중이어서 창문으로 개짖는 소리가 요란하게 들려왔다. 애스컴이 왜 부모님을 따라가지 않았느냐고 묻자 그녀는 이렇게 대답했다.

"그분들이 공원에서 추구하는 모든 즐거움은 내가 플라톤에게서 발견하는 즐거움에 비하면 그림자에 불과하다는 것을 알고 있어요."

마콜리[44]는 부와 명성, 지위와 권력을 고루 갖추고 있었다. 그러나 그의 인생에서 가장 행복한 시간은 책을 읽고 있을 때였다고 자서전에서 밝히고 있다. 그는 한 작은 소녀에게 보낸 매력적인 편지에서 이렇게 말했다.

"너의 예쁜 편지에 감사한다. 나는 나의 작은 소녀가 행복해지는 것이 언제나 기쁘다. 그리고 무엇보다도,

---

44) 1800~1859. 영국의 역사가·정치가·작가. 저서로《영국사》, 《수상록》 등이 있음.

네가 책을 좋아하는 것을 보는 것이 가장 즐겁다. 그것은 네가 나만큼 늙으면 책이 사탕이나 과자보다, 장난감이나 놀이, 세상의 구경거리들보다 한층 더 좋은 것임을 알게 될 것이기 때문이다. 만약 책을 읽지 못한다는 전제하에 일찍이 없을 가장 위대한 왕으로 나를 추대하여 궁전과 정원과 진수성찬과 미주美酒와 마차와 아름다운 옷과 수백 명의 하인을 준다 해도 나는 왕이 되지 않을 것이다. 나는 독서를 좋아하지 않는 왕보다는 오히려 많은 책이 있는 다락에서 사는 가난한 사람이 되길 원한다."

사실 책은 우리에게 행복한 생각들로 가득찬 매혹적인 궁전이다. 19세기 독일의 소설가 요한 파울 리히터는 옥좌에 앉아 바라보는 것보다 파르나소 산[45]에서 바라보는 것이 시계視界가 넓다고 말했다. 어느 의미에서 책은 현실의 실체보다 더 선명하게 보여주는데, 이는 마치 반사된 영상이 흔히 실제의 자연보다 더 아름다운 것과 같다.

---

45) 아폴로와 뮤즈가 살았다는 그리스 중부의 산. 문예를 상징함.

조지 맥도널드[46]는 이렇게 말했다.

"모든 거울은 마법의 거울이다. 가장 평범한 방도 거울을 통해 보면 시詩 속의 방이 된다."

책이 우리에게 흥미를 주지 않는다 해도 책을 탓할 수는 없다. 독서에는 어떤 기술이 있다. 수동적인 독서는 아무 소용이 없다. 우리는 읽고 있는 것을 확실히 이해하도록 노력하지 않으면 안 된다. 모든 사람이 글을 읽고 쓸 줄 안다고 생각하지만 잘 쓰거나 읽는 법을 진정으로 아는 사람은 극히 드물다. 글씨를 따라 눈을 분주하게 또는 기계적으로 움직이는 것으로는 충분하지 않다. 묘사된 장면과 언급된 인물을 직접 보는 것처럼 파악하도록 노력하지 않으면 안 된다. 다시 말해서 '상상력의 미술관'에서 그것들을 그려 보아야 하는 것이다.

애스컴은 이렇게 말했다.

"학문은 경험이 20년 동안 가르치는 것보다 많은 양을 일 년 동안에 가르친다. 경험은 현명하게 만들기보

---

46) 1824~1905. 영국의 동화 작가·시인.

다 비참하게 만드는 반면 학문은 안전하게 가르친다. 경험으로 현명해지려면 위험을 감수해야 한다. 여러 번 난파한 뒤에 유능해지는 선장은 불행한 선장이다. 여러 번 파산한 뒤에도 부자가 되거나 현명해지지 못한 상인은 비참한 상인이다. 경험으로 사는 지혜는 값비싼 지혜이다. 오랜 방황 뒤에 지름길을 발견하는 것조차 이상하게도 힘들다는 것을 우리는 경험을 통해 잘 알고 있다. 경험으로 현명해지려는 사람은 영리할는지는 모르지만 마치 밤중에 자기 코스를 이탈해 달리는 재빠른 선수처럼 자기가 지향하는 바를 모른다. 사실 배우지 않고 경험만으로 행복해지거나 현명해진 사람은 매우 드물다. 늙었거나 젊었거나 배우지 않고 오랜 경험만으로 작은 지혜와 약간의 행복을 얻은 몇몇 사람의 과거의 생애를 잘 살펴보아라. 그들이 당한 손해와 그들이 피한 위험을 고려하고 나서 —— 20명 중 19명은 모험을 하다가 죽는다 —— 당신의 자녀로 하여금 그런 경험으로 지혜와 행복을 얻게 할 것인가의 여부를 깊이 생각하라."

책을 선택하는 것은 마치 친구를 선택하는 것처럼 심각한 의무이다. 우리는 우리가 행동하는 것에 대해 책임을 지듯이 읽는 것에 대해서도 책임을 진다. 밀턴의 기품 있는 표현에 따르면 '좋은 책은 내세를 위해서 미라로 만들어 소중히 보관할 위대한 영혼의 소중한 혈액'이다.

　러스킨은 여성 교육에 관해서 이렇게 말했다.

　"여자들이 순회 도서관에서 책을 빌릴 때 삼류 작가의 소설책만을 빌리지 않도록 해야 한다."

　책을 읽음으로써 최대의 교훈을 얻기 위해서는 —— 단순한 즐거움이나 혜택만을 말하는 것은 아니다 —— 오락으로 읽기보다는 자기 발전을 위해 읽어야 한다. 설탕이 특히 어린이들에게 중요한 식품인 것과 마찬가지로 가볍고 재미있는 책도 가치는 있다. 그러나 설탕만을 먹고 살 수는 없다. 어떤 소설들은 매우 훌륭하지만 지나치게 탐독하는 것은 독서로부터 얻을 즐거움을 크게 감소시킨다.

　더구나 '책이 아닌 책'들이 있다. 그런 책을 읽는 것은 시간 낭비일 뿐이다. 또 한편으로 너무나 수준이 낮아서 그것을 읽으면 반드시 오염되는 책들도 있다. 만약 그것들이 사람이라면 우리는 그들을 발길로 차서 거리로 내쫓아야 할 것이다. 인생의 유혹과 위험을 경고하는 경우도 있지만 어쨌든 우리에게 사악한 것을 가르치는 것은 그것 자체가 악이다.

그러나 읽는 사람 모두에게 유익한 책들이 다행히 많이 있다. 유용한 책이란 사업이나 직업적으로 도움이 되는 것만을 의미하지는 않는다.

그런 책도 유용한 것임에 틀림없지만 그것이 결코 책의 최상의 효용은 아니다. 가장 좋은 책은 개인적인 목적이 무의미해지고 인생의 번민과 걱정을 거의 잊는 영역으로 우리를 끌어올린다.

그런 시간에 방해하는 것은 극히 잔혹한 짓이다.

《지적 생활》을 쓴 19세기 영국의 수필가 해머튼은 그런 경우에 관해 다음과 같은 감동적인 글로 반론했다.

"다른 시대에 속한 우리 시대, 우리 운명과 전혀 다른 또 다른 문명에 속해 있는 듯한 책에 완전하게 몰두해 있는 독자를 가정해 보자. 당신이 플라톤의 《소크라테스의 변명》을 읽으며 모든 광경을 눈앞에 보듯이 상상하고 있다고 가정하자. 5백 명의 재판관, 순수한 그리스식 건축, 흥미를 느끼고 있는 아테네 시민들, 추악한 멜리토스, 시기하는 적들, 슬픔에 빠진 사랑하는 친구들 —— 그들의 이름은 우리에게 친근하고 오랫동안 기억된다 —— 이 있고, 그 가운데 가난뱅이처럼 여름이나 겨울에 관계없이 입었던 싸구려 헝겊을 몸에 두른 못생긴 사람이 있다. 그러나 그는 아무도 흉내낼 수 없는 용기와 침착성을 지니고 단호한 목소리로 말할 것이다……. 이제 막 소크라테스가 자신을 비난하는 명문名文을 시작하는데, 그 문장이 끝날 때까지 어떤 방해도 받지 않을 수 있다면 당신의 지적 노고의 보상으로 잠시 고귀한 즐거움을 맛보게 될 것이다.”

누구든지 유익하고 재미있는 책을 한 시간 동안 읽으면 반드시 혜택을 얻고 보다 즐거워질 것이다. 그리고 그 기억은 우리와 함께 남아 우리가 원할 때 회상할 수 있는 밝고 즐거운 생각의 저장고가 될 것이다.

그들의 환영幻影까지 우리 앞에 나타나네.

우리들보다 존귀한 형제,

그러나 같은 피를 나눈 형제.

잘 때에도 식사할 때에도

아름다운 모습, 간절한 말로써

우리에게 뽐내네.

　영국 문학은 영국인의 생득권이며 유산이다. 영국은 위대한 시인이나 철학자들 그리고 과학자들을 배출했으며 앞으로도 계속 배출할 것이다. 영국인보다 더 빛나는, 더 순수한, 또는 더 고상한 문학을 가진 국민은 없다. 이것이 영국의 진정한 자랑거리이며 영광이다. 이 점에 대해서 영국인은 아무리 감사해도 지나치지 않을 것이다.

시민의 권리와 의무

영국인은 국가의 정치에 대해 어느 정도의 발언권을 갖고 있다. 그러므로 영국인의 가장 중요한 의무는 스스로 이런 큰 책임을 질 수 있도록 하는 것이다. 이런 책임을 지려면 단순한 선의善意뿐만 아니라 연구와 사고思考가 필요하다. 대영 제국의 광대한 영토 자체가 바로 위험의 근원이 되고 있다. 영국은 많은 다른 민족을 통치하는데, 그들의 일부는 영국과 전혀 다른 사상과 열망을 지니고 있다. 인도를 보라. 인도의 인구는 영국의 10배 정도나 되며 수많은 종족과 종교로 구성되어 있다.

진짜 힌두인들은 영국인과 마찬가지로 위대한 민족

이다. 힌두인들의 말은 그 기원과 구조면에서 영어와 유사할 뿐만 아니라 몇 개의 단어들은 영어와 같다.

그러나 힌두인은 인도 국민의 일부분에 불과하며 혈통적으로 남부의 드라비다족이나 동부의 말레이 중국 계족보다는 영국과 보다 가깝다. 비록 시간과 거리가 커다란 차이를 조성했지만 대부분의 인도 사람은 한때 그들을 지배했던 회교에 대해서 격렬한 반감을 나타내고 있다. 그들은 영국에서 독립하면 아마 다시 지배 세력이 될 것이다.

인도는 아주 큰 나라이지만 영국의 지배를 받고 있다. 영국은 전세계에 걸쳐 강대국들과 접촉하고 있으므로 각 국가간에 문제들이 일어나고 있으며 앞으로도 일어날 것이다. 이런 문제들을 해결하기 위해서는 양측의 절제와 인내와 기술이 필요하다. 정치가들은 언제 양보해야 하며 어떤 문제에서 강경한 자세를 취해야 할지를 알아야 하며, 국민들은 어떤 정치가를 지지해야 할 것인가를 알지 않으면 안 된다.

인류의 역사는 많은 제국帝國들의 멸망을 보여주고

있다. 이집트, 앗시리아, 페르시아, 로마 등이 흥했다가 망했다. 최근에는 제노아와 베네치아가 현재의 영국처럼 '배들과 식민지들과 상업으로써' 크게 번영했었으나 이제 쇠퇴했다. 우리도 그들과 같은 운명을 피하려면 그들이 범했던 과오를 되풀이해서는 안 된다.

나라를 세우는 데는 천 년의 세월도 부족하지만
그것을 멸망시키는 것은 한 시간이면 족하구나.

외교 정책에 관해 말한다면 다른 나라와 매우 친밀한 관계를 유지하는 것이 영국의 의무일 뿐만 아니라 궁극적으로 영국의 이익이다. 불행히도 일부 국가는 다른 나라를 적으로 간주한다. 그러나 우리는 모두 인간이며 서로 친구여야 한다는 것은 자명한 일이다. 웨일즈의 어떤 목사가 이런 내용을 아주 재미있게 예시하고 있다. 어느 날 그가 밖에 나가 걷고 있었는데, 맞은 편 언덕에 괴물 같은 형체가 보였다고 한다. 가까이 가서 보니 사람이었고, 더 가까이 가 보니 그 사람은 자기 형제였다고 한다.

　다른 나라 사람들도 우리와 시대를 공유하고 있다는 점에서 우리의 형제들이다. 그들의 이해관계는 많은 점에서 우리의 이해관계와 일치하고 있다. 만약 그들이 고통을 받게 되면 우리도 고통을 받게 될 것이며 그들이 혜택을 입으면 우리도 혜택을 입을 것이다. 영국의 가장 큰 이익은 세계의 평화와 번영이다. 전쟁의 광휘가 인간의 상상력을 현혹시켰다. 우리는 '전쟁의 당당한 위풍'이라는 말을 들으며, 모든 군인들이 원수元帥의 지휘봉을 배낭에 넣고 다닌다는 이야기를 듣는다. 그러나 우리는 그런 것이 인류에게 무한한 불행을 가져다 준다는 사실을 인식하지 못하고 있다.

　전쟁이 야기하는 대학살과 고통은 생각만 해도 끔찍하며 중재에 찬성한다 하더라도 대항할 수 없는 논쟁의 요소가 되었다. 현재 세계의 상태는 인간성에 대한 수치이다. 야만족들이라면 무력으로 분쟁을 해결하는 데 대해 변명할 수도 있을 것이다. 그러나 문명국들이 분쟁을 무력으로 해결하는 것은 인간의 도덕성의 타락을 보여주는 것일 뿐만 아니라 상식적으로도 가증할 일이다.

현재[47] 유럽 전체의 평상시 병력은 3백50만 명이며 전시 병력은 1천만 명을 넘는다. 병력 증강이 계획적으로 이루어진다면 병력은 모두 2천만 명이 넘게 된다. 명목상의 경비는 연간 2억 파운드가 넘는데, '유럽의 군대'는 대개 징병에 의한 것이므로 실제의 비용은 훨씬 더 많다. 더구나 만약 이들 3백 50만 명을 완전히 고용하여 그들의 노동가치를 1년에 50파운드로 잡는다면, 그들의 총노동가치인 1억 7천5백만 파운드를 추가해야 하는데, 그러면 유럽의 군대로 인한 총경비는 연간 3억 7천5백만 파운드나 된다! 물론 돈 문제 이외에도 보다 심각하고 중요한 문제들이 있지만, 돈이 인간의 노동과 생명을 나타내기도 한다. 현재의 육·해군의 편성을 보면 미래에 대해 심각하게 우려하지 않을 수 없다. 각국이 전쟁을 벌이지 않는다 해도 궁극적으로 인류는 파산하여 망할 것이다.

---

47) 이 책은 1896년 영국 맥밀런 출판사에서 발행되었음.

나는 어떤 희생을 치르더라도 평화를 유지해야 한다고는 주장하지 않지만 어떤 희생을 치르더라도 평화를 유지를 위해 노력해야 한다고 생각한다. 이렇게 주장하는 것을 결코 부끄럽게 생각하지 않는다. 물론 중재로 해결할 수 없는 아주 중대한 문제도 있지만 이 분야의 최고 권위자인 존 러셀[48) 백작은 지난 백년 동안 일어났던 전쟁은 모두 무력에 호소하지 않고도 해결할 수 있는 것들이었다고 말했다.

레옹 강베타[49)와 나는 이런 문제에 관해서 이야기를 나눈 적이 있다. 그는 늘 그렇듯이 열기 띤 어조로 지금처럼 지출하면 프랑스는 조만간 '병영兵營 앞의 거지'가 될 것이라고 말했다.

그런데 군비는 현상 수준이 아니라 증가되고 있다. 따라서 유럽의 상태에 대해 안타까움을 금할 수가 없다. 러시아는 허무주의에 좀먹고 있으며, 독일은 사회주의에 놀라고 있으며, 프랑스는 무정부주의로 병들어

---

48) 1792~1878. 영국의 정치가. 심사율 폐지, 곡물법 폐지 등에 힘씀.
49) 1838~1882. 프랑스의 정치가·법률가. 공화파의 지도자로서 1881년 수상에 취임함.

국가적 파산이 예상되고 있다. 최근의 무정부주의자의 죄상에 대해서는 변명할 여지가 없지만 세상의 모든 일은 다 원인이 있기 때문에 일어난다.

유럽의 노동자들은 아주 오랜 시간을 일하면서 아주 적은 임금을 받는다. 이탈리아에 관한 최근의 보도를 읽은 사람이면 그 나라의 농업 종사자들의 비참한 상태를 알 수 있을 것이다. 유럽 노동자들의 임금은 매우 낮은데 노동 시간은 매우 길다. 프랑스와 다른 나라의 중소기업가들도 노동자들보다 더 잘살지 못하고 있다.

나는 1일 8시간 노동제를 지지한다. 1892년 하이드 파크에서 가결된 결의안은 이런 작업 시간이 국제적으로 인정되어야 한다는 점을 현명하게 주장했다. 그러나 만약 현재의 군사 제도가 그대로 유지된다면 노동 시간 완화는 불가능할 것이다. '8시간 노동제'를 실시할 수 있는 유일한 방법은 군비를 감소하는 것이다. 육군과 해군을 유지하는 데 필요한 세금 때문에 유럽 사람들은 그런 세금이 없는 경우보다 적어도 하루에 한 시간씩 더 일을 해야만 한다.

사실 유럽의 종교는 기독교가 아니라 전쟁신戰爭神의 숭배이다. 슬프게도 우리는 전쟁을 방지할 수 없다! 그러나 적어도 우리는 평화를 위해 노력할 수는 있다. 즉 다른 나라와 우호적인 관계를 유지하고 예절과 정의와 관용을 가지고 다른 나라를 대하도록 노력해야 한다

많은 나라들이 다른 나라에 대해 재정적 제재를 가함으로써 전쟁을 도발하고 있는데, 이것은 아주 바보스러운 짓이다.

그러나 가장 나쁜 장벽은 각 나라들이 상호간에 설치하는 관세 장벽이다. 제일 좋지 않은 것은 사실은 아무도 갖고 있지 않는 적의로 인한 근거없는 시기와 악의일 것이다.

국제 관계에서 아주 흔히 나타나는 이와 같은 시기와 적개심이 불행하게도 국내 정치를 멍들게 하고 있다. 독설毒舌은 논의라기보다는 오히려 나약함의 고백이다.

혁명은 장미 향수로 만드는 것이 아니라는 말을 때때로 듣는다. 그러나 세계적인 제도들은 무기가 아닌 논

리로, 혁명이 아닌 진화로 이루어져 왔다. 심지어 무기가 사용된 경우일지라도 많은 경우 펜이 칼을 지배하였다. 사상은 총검보다 강한 것이다.

19세기 영국의 철학자 존 스튜어트 밀은 이렇게 말했다.

"현재 우리가 살고 있는 인류 진보의 비교적 초기 상태에서는 우리들은 인간 생활의 전반적 분야에서 야기되는 불화를 방지해 주는 만인에 대한 완전한 동정을 느낄 수 없다. 그러나 이미 사회적 감정이 발달된 사람들은 동료를 행복의 수단을 위해 싸우는 경쟁자로 생각하지는 않게 된다. 자기의 목적을 달성하기 위해 다른 사람이 목적을 달성하지 못하게 되기를 원하지는 않는다."

권리의 주장보다 의무의 수행을 생각하라. 18세기 영국의 정치사상가 애드먼드 버크는 이렇게 말했다.

"시민의 역할을 현명하게 그리고 잘 수행하려면 조심스럽게 지식을 쌓고 우리의 천성에 속하는 모든 종류의 관대하고 정직한 감정을 완벽하게 발달시키고 성숙

시키는 것이 필요하다. 그리고 개인 생활의 아름다운 기질로 국가에 봉사함으로써 애국자가 되고 우리 자신이 신사임을 잊지 말라…… 공직 생활에는 능력과 정력이 필요하다. 보초병이 잠을 자는 것은 적에게 투항하는 것과 마찬가지로 자기 의무에 배반하는 죄를 짓는 것이다."

우리에게는 여러 형태의 시급한 문제들이 놓여 있다. 자녀들을 교육시키려고 노력하고 있으나 아직 교육 제도가 완벽하지 못하다. 노사간의 분쟁은 생산에 지장을 초래하며 상업을 위축시킨다. 그리고 노동 수요의 규제로 인해 임금은 낮아지고 있다. 대도시의 위생 시설 또한 아직 미흡한 데가 많다. 그리고 과학은 이제 겨우 시작에 불과하다.

더욱이 진보 문제는 차치하더라도 사회의 일상 생활에는 부단한 노력이 필요하다. 사실 의회에서의 토의, 지방 사업의 수행, 빈민법의 실시 등은 총괄적으로 사회 사업이며 개인적 일만큼의 관심과 노력을 필요로 한다. 그러나 현재의 상태는 어리석게도 시의 책임이 증가되는 추세이다.

빈민은 언제나 있게 마련이다. 그러나 다른 나라에서 볼 수 있는 사회주의와 무정부주의에 대한 지지 감정이 영국에 없는 것은 부분적으로는 빈민법, 자유 거래, 신체적 상태가 어느 정도 만족스럽다는 점 등에 기인하고 있으나 크게는 많은 자선 기구와 빈부 계급 사이의 동정심이 외국의 경우보다 한층 더 깊은 데에 기인하고 있다.

열의는 세계를 움직이는 지렛대의 하나임에 틀림없다. 그러나 헛된 실험에 많은 시간과 돈을 허비하는 것은 애석한 일이다. 그 헛된 실험들은 전에도 거듭 실패했던 것이며, 그들이 혜택을 주려고 의도한 사람들에게 혜택보다는 해를 끼쳤기 때문에 소용이 없다기보다 해로웠던 것이다. 가난한 사람들을 위한 일에는 선뿐만 아니라 지적 노력도 필요하다는 사실이 충분하게 인식되지 않고 있었다.

가난에 직접적으로 필요한 것은 돈이 아니다. 자선 문제의 권위자인 슈엘 여사는 이렇게 말했다.

"역설처럼 들리겠지만, 이웃이 가난할수록 적어도 즉시 소비할 돈은 그리 필요치 않다는 것을 나는 믿고 있어요."

배려와 사랑이 돈보다 더 중요하다. 시간을 주는 사람이 돈을 내는 사람보다 많은 일을 하는 것이다. 사실 경험과 훈련을 받지 않은 사람의 돈과 열정에는 득보다는 해를 끼칠 수 있는 상당한 위험이 내포되어 있다. 왜냐하면 하지 않고 놔둔 일보다 잘못해버린 일이 더욱 해롭기 때문이다.

돈보다는 희망과 힘과 용기를 주는 것이 훨씬 도움이된다. 가장 훌륭한 도움은 다른 사람의 골칫거리를 분담해 주는 것이 아니라 그들로 하여금 자신의 짐을 스스로 질 수 있고 생활의 어려움에 용감하게 직면할 용기와 정력을 고취시키는 것이다. 남을 돕는 것은 쉬운 일이 아니다. 그것은 따뜻한 가슴뿐만 아니라 명석한 두뇌와 현명한 판단을 필요로 한다.

다른 사람의 곤란을 덜어주려다가 그 사람의 독립성을 파괴하지 않도록 조심해야 한다. 다른 사람을 위해

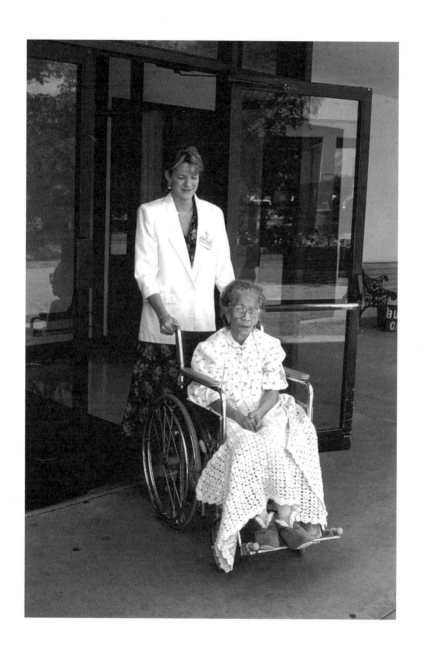

해주는 일에는 언제나 그 사람으로부터 일하려는 의욕을 빼앗는 근원적 어려움이 따르게 마련이다. 타인에게 의존하는 사람들은 모두 단순한 기생충에 불과한 존재가 되는 경향을 보인다. 따라서 가능한 한 빵을 받고자 하는 사람 스스로 빵을 벌게 하고, 직접적 원조를 제공하는 것보다는 자립할 수 있도록 돕는 것이 더 중요하다.

한 사람의 책임감을 말살해버리고 있는지, 아니면 스스로 책임을 수행하도록 돕고 있는지 자문하지 않으면 안 된다. 이 세계는 너무나 복잡하여 누구나 이웃에게 신세를 지지 않을 수가 없다. 그러나 우리의 정책이 가난한 사람들을 더욱 의존적으로 만들고 있는지 아니면 독립적으로 만들고 있는지를 자문하지 않으면 안 된다.

타인이 우리의 이상에 따르기만을 기대할 수는 없다. 우리가 해야 할 일은 오직 다른 사람이 자신의 최선의 이상을 실현할 수 있도록 돕고, 그가 자기 개선을 위해 노력하게끔 격려하는 것이다. 매우 어리석게 자선을 베푸는 경우가 있는데 그것은 일반적으로 낭비하는 자가 진정한 동정에서 우러난 자선을 베푸는 것이 아니라 귀찮은 일을 모면하기 위해서 돈을 내는 경우이다. 지역사회를 위한 일은 장기적으로는 자신에게 혜택이 된다. 사실 우리 자신을 위한 일보다는 남을 위한 일에서 더 큰 기쁨을 느낄는지도 모른다. 남을 위한 일은 아무리 하찮은 것도 매우 고귀한 것이다.

아무리 천한 일이라도 전심전력하라.

모든 사람이 자기의 직분에 충실할수록 참된 행복에 좀더 가까이, 좀더 빨리 접근하게 된다. 사실 우리는 우리 모두가 노력할 때 얼마나 행복해지는지 인식하지 못하고 있는 것 같다.

우리가 영웅일 수는 없지만

위대하고 대담한 모험으로

공포를 모르는 행위로

지구를 전율시킬 수는 없지만

우리는 우리의 생애를 가득 채울 수 있네.

상냥하고 진실한 행동으로

언제나 우리 곁에 있는

고귀한 영혼, 고귀한 일들로.

영국 국민이 된 것은 커다란 특권이다. 다른 나라 사람들은 영국 사람만큼 개인의 자유를 향유하지 못하고 있다.

모든 사람은 법 앞에 평등하다.

모든 사람은 유죄로 판명되기 전까지는 무죄이다.

누구나 같은 범죄로 두 번 재판을 받지 않는다.

모든 재판은 공개되어야 하며 피고는 원고와 대면할 권리를 갖는다.

아무도 자신과 관계된 사건의 재판관이 될 수 없으며, 법을 자기 마음대로 사용할 수 없다.

어떤 대가를 치르거나 위험을 감수하면서 나라를 위해 일하는 것은 신성한 의무이다.

위험이나 죽음을 두려워하여 나라를 위한 봉사나 자신의 명예를 외면하는 사람은 전혀 살 가치가 없는 사람이다. 왜냐하면 죽음은 불가피한 것이며 미덕의 명성은 불멸하기 때문이다.

그러나 영국에서는 나라를 위한 봉사에 위험이 따르는 경우는 비교적 적다. 그것이 요구하는 것은 우리의 안일과 여가를 약간 희생하는 것뿐이며 의무와 일에 약간의 시간을 할애하는 것뿐이다. 이런 것은 영웅적이지 않고 때로는 지루하기도 하지만 역시 필요한 것이다.

사회를 위한 무보수 봉사의 양은 엄청나게 많으며, 앞으로도 계속 그럴 것이다.

아무런 공헌도 하지 않고 이러한 모든 노고의 혜택을 즐길 권리는 누구에게도 없다. 어떤 사람들은 다른 사람들이 누리는 것과 같은 여가와 기회를 갖지 못하므로, 정당한 자기 몫이 아니더라도 여하간 공공복리에 어느 정도는 기여하여야 한다.

베이컨은 이렇게 말했다.

"재산이 인생의 가치 있는 목적일 수는 없다."

의식주가 우리에게 필요한 유일의 것이 아니며 또 가

장 절실히 필요한 것도 아니다. 심지어 가장 편협하고 이기적인 관점에서 보더라도 공공을 위해 기여한 시간은 결코 헛된 것이 아니다. 그것은 이웃을 위해 행동하고 노력하여 자선을 하고 싶은 충동, 그리고 인간의 과오를 중단시키고 인간의 혼란을 정리하고 인간의 고통을 감소시키려는 욕망, 그리고 세계를 지금보다 더 아름답고 행복한 곳으로 만들려는 숭고한 열망 등 사회적 동기라고 불리며 다른 사람의 행복을 위해서뿐만 아니라 자신의 행복을 위해서도 기여하는 탁월한 동기에 사용된 시간인 것이다.

말썽을 부리는 사람이 있는가 하면 수고로운 사람도 있다. 다른 사람에게 고통을 주는 사람은 자신에게도 또한 고통을 준다. 다른 사람을 위해 수고하는 사람은 자신의 고통도 경감된다. 원하기만 한다면 누구든 용감한 사람, 가치 있는 애국자가 될 수 있다. 모든 사람은 보다 건강하고 보다 행복하며 보다 나은 동포들의 생활을 위해, 적어도 동포의 이익을 위한 어떤 운동에 가담할 수는 있을 것이다.

그렇게 할 때 비로소 조만간 스스로에게 반문하게 될 다음과 같은 질문에 만족스러운 대답을 할 수 있을 것이다.

반짝이는 눈, 젊음의 황금기부터
인생의 중반에 이르기까지
그대 무엇을 하였는가?
정의와 진리를 위해
신과 인간을 위해.

다른 사람과 함께 사는 지혜

'영국인의 집은 그의 성城이다'라는 말은 영국인의 커다란 자랑거리이다. 그러나 그것은 성 이상이어야 한다. 그의 가정이 되어야 한다. 집이 그의 성이 되는 것은 법에 의한 권리이다. 그것을 진정한 가정으로 만드는 것은 오로지 자신에게 달려 있다.

가정은 무엇으로 이루어지는가? 사랑과 동정과 신뢰이다. 어린 시절의 기억, 부모의 자애, 젊은날의 빛나는 희망, 형제 자매간의 자랑과 연민, 그리고 도움, 상호 신뢰, 공동의 희망과 이해 관계와 슬픔 등이 가정을 만들고 가정을 성스럽게 한다.

사랑이 없는 집은 성이나 궁전이 될 수는 있지만 가

정이 될 수는 없다. 사랑은 가정의 진정한 생명이다.

사랑이 없는 가정은 영혼이 없는 육신처럼 참된 가정이 될 수 없다

우리는 가정을 권력자나 국가의 압력으로부터 피신하는 성채의 개념으로 귀중하게 여기는 것이 아니라 인생의 근심과 걱정으로부터 피신하는 성으로서 귀중하게 여긴다. 즉 우리가 세상을 항해하는 동안 반드시 만나게 되는 폭풍우를 피하기 위한 안식의 항구로서 가정을 귀중하게 여긴다.

크게 성공했을 때에도 그런 때가 오는 법이며, 번영만으로는 결코 행복과 평안을 보장할 수 없다.

인간은 에덴동산에서조차도 혼자 살 수 없도록 창조되었다. 베르나르댕 드 생피에르[50]는 이렇게 말했다.

"고독한 혼魂은 천국에서 어떻게 지낼까?"

밖에서 일하는 것은 좋은 일이나, 마음은 가정에 있어야 한다. 인간은 완전히 사교적으로 살게도 완전히

---

50) 1737~1814. 프랑스의 박물학자·작가.《자연 연구》의 마지막 권인《폴과 비르지니》를 남김.

고독하게 살게도 만들어지지 않았다. 두 가지가 모두 좋다. 아니 필요하다.

자연의 아름다움은 영원한 기쁨이지만 하늘의 햇살도 마음속에 햇살이 없으면 큰 즐거움이 되지 못한다.

애착 · 존경 · 사랑의 감정들을 우리는 가족들로부터 배우게 된다. 가족은 문명의 기초이며 근원이다. 가정은 가장 좋은 모든 것을 가르치는 진정한 학교이다. 그것은 고상한 감정과 인간의 지고至高한 본성에 호소한다. 다른 사람들을 행복하게 만드는 것 이외에 천사가 할 수 있는 일이 무엇인가?

당신의 가정이 비천하고, 추하고, 멋이 없고, 심지어 춥고 기분에 맞지 않을 수 있어도 그곳에 당신의 자리와 당신의 의무가 있다. 그리고 어려움이 클수록 보상 또한 더욱 클 것이다.

힘든 일보다 걱정이나 부당한 처사를 참는 것이 더 힘들다. 그것은 돈, 시간, 노력의 희생보다도 더 큰 '살아 있는 희생'이다.

진정으로 다른 사람을 불행하게 만들고 싶어하는 사

람은 별로 없을 것이다. 그러나 그런 사람이 있다고 해도 이 글을 읽는 독자 중에는 그런 사람이 없을 것이다. 그러나 대체로 온정의 결여보다도 사고나 기교의 결여가 더 큰 불행을 초래할 수 있다. 모든 사람들을 밝은 미소와 친절한 말로 즐겁게 맞이하라. 당신이 아끼는 사람만을 사랑하는 것으로는 충분하지 않다. 그리고 다른 사람들에게 그들을 사랑한다는 것을 보여주어라. 우리 가운데 많은 사람들이 무식과 무분별이나 판단력의 결여로 가장 사랑하고 가장 도와주고 싶어하는 사람의 기분을 상하게 한다.

몇 마디 격려의 말이 우리에게 얼마나 큰 도움이 되며 얼마나 큰 힘이 되어 주는지를 우리는 잘 알고 있다.

체스터필드 경이 이렇게 말했다.

"일반적으로 사람들은 사랑하는 법과 미워하는 법을 다른 어떤 일보다도 잘 모른다고 나는 흔히 생각해 왔으며 지금도 그렇게 생각하고 있다. 사람들은 잘못된 익애溺愛로, 맹목으로, 아니 가끔은 사랑하는 사람의 잘못을 편애로 눈감아 줌으로써 사랑하는 사람에게 해를 끼친다. 미워해야 할 경우에 그들은 때에 맞지 않는 격정과 분노로써 자신에게 해를 끼친다."

심지어 친구 사이에서도 우리의 생활은 고립되는 경향을 보인다. 우리는 서로가 마치 다른 섬의 뼈[骨]라는 창살 속, 살갗이라는 커튼 뒤에 갇혀 있는 것과 같다.

우리는 친구들에 관해서 모른다. 심지어 가족에 관해서도 모른다! 같은 식구끼리도 흔히 실제로는 고립되어 살아간다. 그들의 마음은 마치 평행선 같아서 서로 만나지 않는다. 정말 그들은 서로 접촉하지도 않는다.

가장 다정스러운 마음,
가장 가까운 마음조차도
반밖에 알지 못하네.
우리는 왜 웃음짓는지, 한숨짓는지.

우리가 서로 나누는 화제는 날씨, 농사의 수확량, 최근의 소설, 정치 정세, 이웃의 건강과 결점 등으로 그것은 진정한 내면 생활과는 전혀 관계가 없는 것들이다. 사실 사소한 일일수록 그것에 관해 더 이야기하는 것 같다. 그리고 말할 게 정말 없는 사람이 가장 많이 말한다.

대화가 하나의 위대한 기술이라는 사실을 인식하는 사람은 드물다. 한 가족이 진정으로 결합하기 위해서는, 진정으로 한마음으로 결합하기 위해서는 단지 애정과 호의뿐만 아니라 생각을 전하고 받아들이는 기술과 능력도 필요하다. 사람들이 당신에게 재미를 느끼지 못한다면 당신이 먼저 재미있어지도록 노력하라.

무엇이든 얼핏 머리에 떠오르는 대로 말하는 것을 자랑하는 사람들이 흔히 있다. 모든 사람이 진실되고 솔직해야 하는 것은 틀림없는 일이지만, 대화도 다른 것들처럼 흥미있게 하려면 그것에 관해서 노력하지 않으면 안 된다.

우리 모두는 가정을 행복하게 하기 위해 많은 일을 할 수 있다.

다른 사람들이 당신의 결점을 지적했을 때 화를 내지

말라. 그리고 당신이 화가 나 있을 때 타인의 흠을 잡지 말라. 화를 잘 내는 사람은 타인보다 자신을 더 벌하는 것임에 틀림없다.

주위 사람들을 행복하게 만드는 데 희생이 필요한 것은 아니지만 단순한 호의만으로는 충분하지 않다. 좋은 일이든 나쁜 일이든 무엇을 잘하려면 연습을 하지 않으면 안 된다.

친절하고 동정적인 태도는 놀라운 효과를 나타낸다. 옛 속담에 '행실이 사람을 성공시킨다'는 말이 있다. 많은 사람들이 그들의 훌륭한 태도로 성공했으며 많은 사람들이 그것의 결여로 실패한 것은 엄연한 사실이다. 심지어 수상이 그의 각료를 뽑을 때 지혜·웅변·능력·성품 등을 전부 고려할 뿐만 아니라 부분적으로 태도에도 관심을 둔다. 즉 다른 사람과 잘 어울릴 수 있는 사람인가를 참작하는 것이다.

거친 것이 강한 것은 아니다. 거친 것은 흔히 약한 것을 숨기는 것이다.

만약 꾸짖을 필요가 있을 때에는 친절하게 말하라.

특히 아이들에게 그렇게 하라. 왜냐하면 '어린이의 작은 요람은 별이 많은 어른의 하늘보다 쉬 어두워지기 때문이다.' 피터 폴 루벤스[51]는 한 번의 붓칠만으로 웃는 어린아이의 얼굴을 우는 얼굴로 만들 수 있었다고 한다. 실생활에서 우리도 모두 그렇게 할 수 있다. 그것은 단 한 마디만으로도 충분한 것이다.

남모르게 힐책하고 공개적으로 칭찬하는 것이 좋다. 남이 모르게 한 말은 선의로 받아들여지고 호의로 느껴져 정말로 효과가 있을 것이며, 한편 공개적인 칭찬은 훨씬 고무적이며 훌륭한 상賞이 될 것이다.

무엇보다도 남의 과오를 꾸짖을 경우에는 진지하게 그리고 유감의 뜻을 나타내면서 꾸짖되 가능하면 절대로 분노를 보이거나 성가시게 굴지 말라. 기원전 4세기의 그리스 철학자 아르키타스는 그의 노예에게 이렇게 말했다.

"만약 그때 내가 화가 나지 않았더라면 너를 벌주었을 것이다."

---

51) 1577~1640. 네덜란드의 화가. 2천여 점의 종교·역사·우의화를 그림.

화가 났을 때는 적어도 말을 하기 전에 잠시 멈추어 생각해 보라. 매슈 아놀드는 최고의 수양을 쌓은 사람의 특성으로,

"지칠 줄 모르는 관용, 상황의 참작, 인간에 대해서는 자비롭게 비판하고 자신의 행동에 대해서는 준엄하게 비판하는 것."

이라고 인용했다. 모든 사람에게 관용으로 대하라. 당신이 모든 사정을 이해한다면 흔히 힐책은 연민으로 바뀔 것이다. 가능한 한 타인에 대해 많은 존경을 갖되 시기하지 않도록 노력하라.

죽음이 곧 모든 사람을 평등하게 만들 것이다 그러므로 죽음을 예상해서 모든 사람에게 신사다운 예의를 가지고 대하라.

가능하면 친구와 화난 상태로 또는 냉담한 상태로 헤어지지 말라. 어떤 헤어짐도 마지막 헤어짐이 될 수 있다는 것을 명심하라.

어떤 말들은 햇살과 같고 어떤 말들은 가시가 달린 화살이나 독사의 이빨과 같다. 심한 말들이 그렇게 심

한 상처를 줄 수 있다면, 친절한 말들은 얼마나 큰 즐거움을 줄 수 있을까?

조지 허버트[52]는 이렇게 썼다

훌륭한 말은 원가는 들지 않지만 그 가치는 크다.

마구 쏜 많은 화살들은

궁수가 생각하지 않은 곳에도 맞는다.

함부로 내뱉은 많은 말들은

상심한 마음을 달래기도 하고 더욱 상하게도 한다.

심지어 말이 반드시 필요한 것은 아니다. 베드로가 예수를 모른다고 했을 때 예수는 베드로를 바라보고 있었다고 한다. 나무라는 그 슬픈 표정만으로 충분했다. 베드로는 예수의 표정을 읽고 밖으로 나가 몹시 울었다.

표정만으로 심한 고통을 나타낼 수 있는 것처럼 한 번의 친절한 눈길이 가슴을 즐거움으로 충만하게 만들

---

52) 1593~1633. 영국의 시인·목사. 시집 《성당》을 남김.

수도 있다. 오랜 헤어짐 뒤, 따스한 환영을 우리는 얼마나 열망하는가. 그리고 아침에 만날 때 친절한 미소는 가장 어두운 날도 밝게 할 것이다.

어느 정도 마음을 털어놓아라. 애정을 표시하는 데에 두려워하지 말라. 당신이 냉정하게 보인다면 사랑하는 것만으로 충분하지 않다. 따뜻하고 부드러우며 사려 깊고 자애로워야 한다. 사람은 봉사보다는 동정에 의해 보다 많은 도움을 받는다. 사랑은 돈보다 나은 것이며, 친절한 말 한마디는 어떤 선물보다 더 큰 즐거움을 줄 것이다.

벤저민 웨스트[53]는 어떻게 해서 화가가 되었느냐는 질문에 대해 어머니의 키스 때문이었다고 대답했다.

공자가 이렇게 말했다.

"부모 형제에 대한 효와 우애를 미루어 정치에 펼쳐나가면 그것이 바로 정치이다. 달리 어떤 정치가 필요하겠는가?"

'인생의 가장 가치 있고 가장 아름다운 가구'인 친구

---

53) 1738~1820. 미국의 역사화가. 역사화에 새로운 표현법을 도입함.

를 선택할 때에는 매우 신중하라. 조지 허버트는 이렇게 말했다.

"좋은 친구를 사귀어라. 그러면 너도 또한 좋은 친구가 될 것이다."

스페인 속담에 이런 말이 있다. '네가 누구와 함께 사는지를 말하라. 그러면 네가 어떤 사람인지를 말하겠다.'

잘 선택한 친구 관계는 가장 고귀한 미덕이어서
우리의 모든 즐거움을 배가시키며
우리의 골칫거리를 반으로 나눈다.

여자 친구를 현명하게 선택하는 것도 마찬가지로 상당히 중요하다. 솔로몬 시대 이후 많은 현인들이 요부妖婦에 의해 파멸되었다.

릴리는 우정을 '인생의 보석'이라고 말했다. 친구가 없는 사람은, 특히 과오 때문에 친구가 없는 사람은 매우 불쌍한 사람이다.

때때로 당신이 불평 요인을 지니고 있다고 생각될 때가 불가피하게 생길 것이다. 그럴 때는 참고 도리에 맞게 처신하라. 그 불평거리를 친구 관점에서 고려하라. 모든 것에 서두르지 말라. 자연은 서두르는 법이 없다. '급할수록 신중하라'는 속담이 있다. 어떤 일에 의심을 느끼면 하룻밤을 자고 다음날 생각하라. 그라시안은 이렇게 말했다.

"베개는 침묵의 무녀巫女이다. 결정해야 할 일을 자고 난 다음날 생각하는 것은 이미 끝난 일로 잠을 못 이루는 것보다 낫다."

그러나 무엇보다도 성급하게 논쟁하지 말라. 천천히 심각하게 생각하라. 시간을 끌라. 전날밤에 그렇게 초조하던 일들이 다음날 아침에는 전혀 다르게 보일 것이다.

만약 교묘하고 단정적이며 냉혹한 편지를 썼으면 다음날까지 그것을 부치지 말라. 다음날 아침이 되면 그런 편지는 전혀 부쳐지지 않을 것이다.

가능한 한 아주 훌륭한 친구를 사귀어라. 나쁜 친구

를 사귀는 것은 친구가 없는 것보다도 나쁘다. 악하고 우둔한 친구를 사귀는 것은 큰 실수지만 그들을 적으로 만드는 것도 결코 현명하지 못하다. 왜냐하면 세상에는 악하고 우둔한 사람이 많기 때문이다.

찰스 램[54]은 이렇게 재치있게 말하고 있다.

"선물은 부재자不在者를 사랑하게 할 뿐이다."

그러나 친절 · 인내 · 동정은 선물 이상의 힘을 갖고 있다.

친구들은 당신이 줄 수 있는 모든 것을 요구할지도 모른다. 그렇지만 그들에게 요구하거나 돈을 빌릴 권리는 없다.

셰익스피어는 이렇게 말했다.

꾸지도 말고 꾸어 주지도 말라.

돈도 잃고 친구도 잃게 되리라.

차용借用은 절약의 칼끝을 무디게 할 것이다.

---

54) 1775~1834. 영국의 수필가·비평가. 작품《엘리아 수필집》,《셰익스피어 이야기》 등이 있음.

친구들이 여러 가지 위험으로부터 당신을 보호할 것
이며 많은 슬픔을 씻어 줄 것이다.

아우구스투스[55] 황제가 딸 율리아 때문에 치욕을 당
하게 되었을 때 이렇게 말했다.

"아그립파[56]나 메케나스 둘 중 아무라도 살았으면
이런 일은 결코 일어나지 않았을 것이다."

---

55) B.C.63~A.D.14 옥타비아누스가 로마 원로국에서 받은 존호, 로마제국 최초의
   황제.
56) B.C.63~A.D.12 로마 장군·정치가. 아우구스투스 황제의 사위가 됨.

근면의 중요성

무엇이든지 낭비하지 말라. 무엇보다도 시간만큼은 결코 낭비하지 말라. 오늘 한 번밖에 오지 않으며 결코 다시 돌아오지 않는다. 시간은 하늘이 준 가장 귀한 선물이다. 그것은 한 번 잃어버리면 되찾을 수가 없다.

뒤에 후회하지 않도록 지금 시간을 낭비하지 말라.

'너무 늦었다'와 '할 수 있었는데'와 같은 생각처럼 서글픈 것은 없다. 시간은 위탁물이어서 매분마다 용도를 명시할 의무가 있다. '음식을 절약하고 시간은 더욱 절약하라.'

넬슨은 자기가 성공한 것은 모든 일을 15분 빨리 했기 때문이라고 말한 바 있다.

멜번[57) 경은 이렇게 말했다.

"젊은이들에게 이 말만은 해주어야 한다. 즉 너희는 자력으로 길을 개척해야 한다. 너희가 굶느냐 그렇지 않느냐는 너희 자신의 노력에 달려 있다."

근면은 성공하는 데에 필수적인 요소일 뿐만 아니라 도덕적으로 아주 건전한 감화력을 나타낸다. 제레미 테일러[58)는 이렇게 말했다.

"결코 게으르지 말라. 그 대신 당신의 시간을 진지하고 유용하게 활용하라. 정신이 활용되지 않고 몸이 편안하면 그 공백에 욕정이 도사리기 쉽기 때문이다. 그리고 편안하고 게으른 사람은 유혹 앞에 정숙할 수 없기 때문이다. 모든 일 중에서 육체 노동이 악마를 추방하는 데 가장 유용하고 효과가 있다."

타인을 좀더 행복하고 선량하게 만들기 위해 하는 일은 아무리 하찮은 일일지라도 인류를 고무할 수 있는 최고의 의지이며 가장 고결한 소망이다.

---

57) 1779~1848. 영국의 정치가·변호사. 하원의원을 거쳐 두 차례 수상을 지냄.
58) 1613~1667. 영국의 성직자·저작가.

피에트로 메디치는 고용인 미카엘 안젤로에게 눈[雪]으로 조상彫像을 만들도록 시켰다. 그것은 귀중한 시간의 어리석은 낭비였다. 만약 미카엘 안젤로의 시간이 귀중하다면 우리의 시간도 우리에게는 마찬가지로 귀중하다. 그러나 우리는 아주 흔히 눈으로 조상을 만들면서 시간을 낭비한다. 더욱 어리석은 것은, 진흙으로 우상들을 만들면서 시간을 낭비하는 것이다.

로마의 위대한 철학가이며 정치가인 세네카는 이렇게 말했다.

"모두들 시간이 짧다고 불평하고 있지만 우리는 우리가 쓸 줄 아는 시간보다 더 많은 시간을 갖고 있다. 우리는 전혀 아무것도 하지 않거나 목적이 있는 일을 하지 않거나 우리가 해야 할 일을 전혀 하지 않으면서 인생을 보낸다. 우리는 늘 생명이 짧음을 불평하면서도 실제로는 생명이 끝없는 것처럼 행동하고 있다."

인생의 성공과 행복을 위한 가장 큰 요소는 정직하고 견실한 일을 할 수 있는 능력이다. 키케로는 제일 필요한 것은 대담성이며, 두 번째로 필요한 것도 대담성이며, 세 번째로 필요한 것도 대담성이라고 말했다. 자신감 역시 유용한 것임에 틀림없지만, 제일 필요로 하는 것은 끈기이며 두 번째로 필요로 하는 것도 끈기이며 세 번째로 필요로 하는 것도 역시 끈기라고 말하는 것이 보다 정확한 말이 될 것이다. 일도 놀이와 마찬가지로 인생의 목적은 아니다. 두 가지는 모두 같은 목적을 위한 수단일 뿐이다.

일은 건강을 위해서도 필요하지만 마음의 평화를 위해서도 필요하다. 근심으로 하루를 지내는 것은 노동으로 일주일을 지내는 것보다 더 피곤한 법이다. 근심은 우리의 온몸을 교란시킨다. 일은 신체를 건강하게 하고 유기적으로 만든다. 근육 운동은 신체를 단련시키며 두뇌 운동은 마음의 평화를 가져온다. 이를테면 정신의 노동으로 마음의 휴식을 얻는다.

무엇인가를 하되 원하는 일을 하라. 현자賢者의 돌인 화금석化金石을 찾은 것과 원과 같은 면적의 정사각형을 만들려는 시도도 어느 정도의 성과를 거두어 왔다.

존슨 박사는 이렇게 말했다.

"말은 대지의 딸이요, 행위는 하늘의 아들이다."

어떤 일을 하든지 철저하게 하라. 그 일에 네 마음을 쏟아라. 자신의 소질을 모두 계발하라. 그것들은 사용하지 않으면 없어지게 된다.

천재를 말로 할 수 있는 범위 내에서 설명한다면 어떠한 장애에도 굴복하지 않는 끈질긴 근면이라고 할 수 있다. 한 대표적인 천재는, 천재란 부지런한 사람에 불과하다고 말했다. 조지 엘리엇[59] 같은 여성은 사람들이 그녀가 영감으로 소설을 썼다고 말했을 때 그것을 비웃었다. 예일대 총장이었던 드와이트[60]는 이렇게 말하곤 했다.

"천재란 노력하는 힘이다."

구걸은 일보다 더 어렵다, 인간은 누구나 자립하지 않으면 안 된다. 자기 발로 서 있는 농부가 무릎을 꿇고 있는 신사보다 더 높다고 설파한 프랭클린의 말은 전적으로 옳다.

---

59) 1819~1880. 영국의 여류소설가. 작품으로 《아담 비드》, 《사일러스 마너》 등이 있음.

60) 1752~1817. 미국의 교육자·신학자·시인. 시집 《가나안의 정복》이 있음.

코벳[61]은 그의 유명한 《영문법》에서 다음과 같이 말했다.

"나는 졸병일 때 문법을 배웠다. 막사의 내 침대 끝이나 초소 침대 끝이 공부하는 자리였고, 침낭이 책가방이며, 무릎 위에 놓은 작은 널빤지가 책상이었다. 나는 초나 기름을 살 돈이 없었다. 겨울 저녁에는 빛이라고는 난롯불밖에 없었는데 난롯불 빛도 내 순번이 돌아왔을 때에만 쐴 수 있었다. 잉크, 펜, 또는 종이를 사기 위해서 가끔 지출해야 하는 적은 돈을 마련하는 것도 나에게는 어려운 일이었다. 나는 그때도 지금처럼 키가 컸을 뿐 아니라 아주 건강했고 운동을 즐겨했다. 식비 등 생활비를 제외하고 나면 남는 돈은 한 사람당 일주일에 2펜스 뿐이었다. 언젠가 있었던 다음과 같은 일을 나는 잊을 수가 없다. 어느 금요일에 꼭 필요한 지출만을 하고 다음 날 아침 훈제 청어를 사기 위해 반 페니를 남겨 두었다. 그날 밤 잘 때 배가 너무 고파서

___

61) 1762~1835. 영국의 급진주의적 문필가·정치가. 농촌 피폐의 실정견문록 《전원기승田園騎乘》은 명저로 높이 평가받고 있음.

죽을 지경이었다. 그런데 아침에 보니까 그 반 페니가 없어진 것이 아닌가! 나는 헐어빠진 이불에 머리를 파묻고 아이처럼 엉엉 울고 말았다. 내가 그런 상황에서 일을 시작하여 그것을 완수했다면, 과업을 행하지 않은 것을 변명할 젊은이가 이 세상에 있을까? 아니 그런 젊은이가 있을 수 있을까?"

코벳은 돈은 없었지만 정력과 용기가 있었다. 베이컨은 이렇게 말했다.

"대부분의 사람들이 자신의 부나 자신의 힘을 이해하지 못하고 있다. 사람들은 부에 대해서는 가치를 과대평가하고 힘에 대해서는 가치를 과소평가한다. 자립과 극기는 사람에게는 자기가 떠놓은 물통의 물을 마시고, 자기가 벌어서 산 단빵을 먹고, 자기의 생계를 위해 진정으로 일하고 배우며, 그에게 맡겨진 좋은 물건들을 조심스럽게 소비하는 것을 가르쳐줄 것이다."

또 이런 동양 속담이 있다. '노력은 번영을 가져온다. 일하는 개가 게으름 피우는 사자보다 낫다.'

자연은 인간에게 이렇게 말한다.

  "돈을 받든지 받지 않든지 간에 항상 일을 하라. 다만 게으름을 피우지 말라. 그러면 보상을 얻을 것이다. 당신의 일이 고상하거나 비천하거나, 옥수수를 심는 일이거나 서사시敍事詩를 쓰는 일이거나 오직 정직한 일을 하라. 그러면 감각으로 느낄 수 있는 보상뿐만 아니라 생각으로 알 수 있는 보상을 받게 될 것이다. 아무리 자주 패배할지라도 당신은 승리하고 말 것이다. 훌륭하게 마친 일의 보상은 그 일의 훌륭한 성취에 있다."

  월터 스코트는 이런 이야기를 들려 주고 있다. 유명한 마술사 마이클 스코트는 그가 부리는 악마에게 계속 일을 시킴으로써 악마로부터 안전할 수 있었다고 한다. 같은 이치가 우리 모두에게 적용된다. 어떤 한 사람에게서 쫓겨난 악마는 빈 집을 보면 다시 오는데 그보다도 더 무서운 일곱 명의 다른 악마들을 데리고 온다.

  나태는 휴식이 아니다. 게으름은 노동보다 더 피곤한

것이다. 아무것도 하지 않고 있으면 휴식도 없다.

결코 서둘지 말라. 자연은 결코 서둘지 않는다. 급하게 해치운 일은 그 생명이 곧 끝나버린다. 스위스의 등산 가이드가 젊은 등산객들에게 처음으로 그리고 자주 하는 충고는 '천천히 꾸준히' 걸으라는 것이다. 이것은 다시 말하면 너무 빨리 걸으려고도 하지 말고 너무 쉬지도 말라는 뜻이 된다. 가끔 잠시 쉬어라. 힘이 센 황소일지라도 가끔 쉬어야 한다. 그래서 소가 한 번 쉬었다가 가는 거리가 밭의 거리의 단위가 된 것이다.

인생에서도 발전의 위대한 비결은 서둘지 않고 쉬지 않는 것이다. 동양 속담에 이런 말이 있다. '급한 것은 악마로부터 나오고 인내는 지복至福의 문을 연다.' 기다리고 있으면 자기 차례가 올 것이다.

많은 사람들이 급히 서둘면 시간을 절약할 수 있다고 생각하지만 그것은 큰 착오이다. 민첩하게 움직이는 것은 좋은 일이지만 일을 빨리 끝내는 것보다 일을 훌륭하게 끝내는 것이 훨씬 더 중요하다. 또한 그 일 자체에 관해서 보더라도, 일을 불규칙적으로, 우발적으로, 황급히 해버린 경우는 천천히, 꾸준히, 규칙적으로, 서두르지 않고 한 경우보다 훨씬 더 피로하고 훨씬 더 힘이 든다. 황급함은 일을 망칠 뿐만 아니라 생명에도 악영향을 끼친다.

"서두르지 말고, 쉬지 말고 일하라."

이것은 괴테의 좌우명이다.

열심히 일하되 조급해하지 말고 법석을 떨지 말고 초조해하지 말라.

프란시스 골턴[62]은 이렇게 말했다.

"여행의 과정에 흥미를 느낄 것이지 그 결과에 너무 기대하지 말라. 문명 세계로의 회귀를 고생을 끝내고 재난에서 벗어나 안식처로 돌아가는 것으로 여기지 말라. 모험적이고 즐거운 생활의 마지막으로 여기는 편이 훨씬 낫다. 이와 같이 생각하면 위험을 느끼지 않고 자기도 모르는 사이에 지형과 지세 등을 알게 되면서 앞으로 나아가게 된다. 지형과 지세를 알아 두는 것은 사고를 당하거나 다른 일로 급히 되돌아올 경우에 귀

---

62) 1822~1911. 영국의 과학자·유전학자. 우생학을 창시함.

중한 도움이 된다. 이렇게 몇 달이 지난 뒤 그때까지 걸어온 거리를 되돌아보면 놀라게 될 것이다. 당신이 하루 평균 3마일을 걷는다면 일년 뒤에는 1천 마일이라는 상당한 거리를 전진하게 될 것이기 때문이다. 토끼와 거북이의 우화는 특히 광활한 미개척지를 탐험하는 사람들에게 자주 적용된다."

일찍 일어나고 근육과 두뇌에 적절한 양의 운동과 휴식을 주어라. 음식을 절제하고 적당한 수면을 취하고 매사에 의연하게 대처하라. 그러면 일 때문에 당신이 피해를 입지는 않을 것이다. 걱정·초조·불안 등은 당신의 일을 진전시키지 않을 뿐만 아니라 당신을 병들게 하거나 죽일 수도 있다. 그러나 당신이 즐겁고 평화롭게 생활하면 운동과 신선한 공기가 몸에 유익한 것처럼 정신에 지적 노력과 자유로운 사고가 좋을 것이며, 그것들은 결국 당신의 생명을 연장시킬 것이다.

끈기는 정치가의 두뇌이자 군인의 칼이며 성공한 발명가의 비결이다. 그리고 학자가 외는 '열려라 참깨'라는 주문이다.

빅토리아 여왕은 영국 역사상 가장 훌륭한 군주 중의 한 사람이다. 왜 그럴까? 그녀는 훌륭한 판단력과 재치를 지녔으며 노력을 아끼지 않았다. 그녀가 일할 때 갖고 있는 정신은 몽테글 경에게 한 말에 잘 나타나 있는데, 그 말은 제임슨 부인의 회고록에 인용되었다. 몽테글 경이 부득이 업무상 여왕에게 폐를 끼치게 되어 유감의 뜻을 나타내자 여왕은 이렇게 말했다.

"나에게 폐를 끼쳤다는 말을 하지 마세요. 그저 일을 어떻게 해야 할지, 어떻게 해야 올바르게 하는 것인지 말하세요. 그러면 내가 할 수 있는 한 그렇게 하겠어요."

그러므로 이 세상에서의 당신의 의무나 사업이 어떤 것이든 간에 가능한 한 잘하도록 노력하라.

웰링턴 공작이 여러 전투에서 승리한 것은 그가 명장이었던 이유도 있지만 훌륭한 사업가였기 때문이었다. 그는 보급품에도 아주 세심한 주의를 기울였다. 그래서 그의 말들은 먹이가 넉넉했으며, 그의 군사들에게는 따뜻한 옷과 튼튼한 군화와 좋은 음식이 공급되었다.

솔로몬이 이렇게 말했다.

"자기 일에 부지런한 사람을 보았느냐? 그 사람이 왕들 앞에 설 것이다."

근면은 그 자체의 보상을 가져다 준다. 콜럼버스는 인도로 가는 서쪽 항로를 찾다가 아메리카 대륙을 발견했다. 괴테가 지적했듯이 사울은 아버지의 당나귀들을 찾다가 왕국을 발견했다.

프랭클린은 이렇게 말했다.

"해야 할 일을 하기로 결심하고, 결심한 일을 틀림없이 행하라."

사람들은 흔히 천재가 근면을 대신할 수 있다고 생각한다. 평상시에는 게으름을 피우다가 시험 때만 되면 벼락공부를 해서 좋은 성적을 내는 사람들이 있기는 있다. 그러나 틀림없이 그들은 평상시에 공부하지 않은 것 때문에 나중에 큰 대가를 치르게 될 것이다. 많은 위대한 사람들의 학교 성적을 살펴보면 그들이 성공한 것은 총명보다는 근면에 힘입은 바가 크다는 것을 알 수 있다. 웰링턴, 나폴레옹, 클라이브, 스코트,

세리던 등의 학교 성적은 모두 나빴다.

일부 사람이 다른 사람들보다 더 많은 재능을 타고난 것은 사실이다. 그러나 수재이지만 부주의하고 게으르고 방종한 사람과 비교적 머리는 둔하지만 부지런하고 주의깊으며 지조가 높은 두 사람을 인생에서 동시에 출발시켜 보자. 얼마 뒤에 후자가 수재인 전자보다 멀리 앞설 것이다. 천재성 없는 근면이 결국에는 근면성 없는 천재보다 더 많은 일을 할 것이다. 인생에서의 유리한 점들, 즉 총명, 돈많은 친구, 권력 있는 친척도 근면과 인품의 결여를 벌충하지는 못할 것이다.

링컨[63]의 주교이며 대정치가인 그로스테스트*에게는 한 게으른 동생이 있었는데, 그가 하루는 형에게 와서 위대한 사람이 되게 해달라고 부탁했다. 그러자 그로스테스트는 이렇게 대답했다.

"너의 쟁기가 부러졌다면 내가 그것을 고칠 돈을 줄 것이고, 너의 황소가 죽었다면 내가 새로 황소 한 마리

---

63) 영국 잉글랜드 동부에 있는 링컨셔주의 주도.
 * 1168~1253. 영국의 성직자·스콜라 학자. 옥스퍼드대 총장 역임.

를 사줄 것이다. 그러나 나는 농부인 너를 위대한 사람으로 만들 수는 없다. 너를 지금 그대로 농부로 있게 할 수밖에 별도리가 없다."

밀턴은 천재였을 뿐만 아니라 불굴의 노력가였다. 밀턴은 겨울에는 일을 하거나 기도를 하라고 사람들을 깨우는 종소리가 들리기 전에 책을 읽고, 여름에는 제일 먼저 깨는 새처럼 일찍 일어나서 '좋은 책'들을 읽었다. 자기의 일을 따분한 의무로 보지 말라. 원한다면 당신의 일을 재미있게 만들 수 있다. 당신의 일에 전념하고, 그것의 의미를 숙지하고, 원인과 이전의 역사를 추적하고, 그것을 모든 관점에서 고려하고, 아주 미천한 노동이라도 얼마나 많은 사람들에게 혜택을 줄 수 있는가를 생각하라. 그러면 우리는 우리의 모든 의무에 대해 열의를 가지고 대하게 될 것이다. 당신의 일을 사랑하라. 즐거움을 느끼면서 좀더 한다면 일을 쉽게 일할 수 있을 것이다.

처음에 이처럼 일을 사랑할 수 없더라도, 한동안 그 일이 고역처럼 여겨질지라도, 그렇게 하는 것이 바로 당신이 필요로 하는 것일지 모르겠다. 그것은 마치 산의 공기처럼 당신의 성품을 단련시키는 데 좋을 것이다.

슬픈 일이 있을 때에는 우리의 생각을 전환시키는 일이 흔히 큰 위로가 된다. '인생의 행복은 일을 하고 무엇인가 사랑하며 희망하는 데에 있다.' 사실 많은 사람들이 여가 시간에 쓸데없는 두려움과 불필요한 걱정으로 자신을 괴롭히고 있다. 그러므로 무엇인가를 하고 있어라.

그러므로 그대는 찾아내리라,

일과 생각 속에서

슬픔이 줄 수 없는 마음의 평화를.

릴리는 이렇게 말했다.

"모든 현인에게는 모든 곳이 나라이며 고요한 마음을 가진 사람에게는 모든 곳이 궁전이다."

자연에 거역하지 말고 자연에 따라 일하라. 가능하면 강물에 거슬러서 노를 젓지 말라. 그러나 부득이한 경우에는 그럴 수밖에 없다. 그럴 때에는 그것에서 물러서지 말라. 그러나 우리가 자연을 거역하지 않는다면 자연은 대체로 우리를 위해서 일할 것이다. 왜냐하면 자연을 초월한 것도 그렇듯이 자연 자체도 그렇기 때문이다. 하나의 물리적 법칙을 위반하는 자에게 모든 죄가 있다. 우주 전체가 그를 공격할 것이며, 자연 전체가 보이지 않는 엄청난 힘으로 그와 그의 자식에게 그가 느끼지 못하고 모르는 장소에서 복수할 것이다. 반면에 전심전력으로 자연의 법칙에 순응하는 자는 모든 것들이 한꺼번에 그에게 이롭게 작용하는 것을 발견할 것이다. 그는 물리적 우주와 화평을 이룰 것이다. 그는 그의 머리 위의 해와 발 밑의 흙으로부터 도움을 받고 그들과 친해질 것이다. 그는 해와 흙과 모든 것을 만들고 그것들에게 위반할 수 없는 법칙을 준 신의 의지와 마음에 진심으로 복종하고 있기 때문이다.

자선의 지혜

　우리는 다른 사람들이 우리에게 해주기를 바라는 것
처럼 그들에게 해주어야 할 뿐만 아니라, 그들이 우리
를 자상하게 대해 주기를 바라는 것처럼 그들을 자상
하게 대해 주어야 한다. 우리가 다른 사람들에게 관대
하지 않고 어떻게 그들이 우리에게 관대해지기를 바랄
수 있겠는가.

　어떤 사람은 한니발이 험난한 알프스의 준령을 넘을
때 그 위에 식초를 뿌려서 녹였다고 전해오는 것처럼
험난한 인생을 그렇게 헤쳐나가려고 생각하고 있다.
또 어떤 사람들은 희생을 각오하고 있다. 그러나 그들
은 인생의 기쁨과 행복을 크게 증대시키는 친절과 애

정의 작은 행위를 소홀히 하고 있다. 친절한 말과 선한 행위가 쓸모없게 되는 경우는 결코 없다. 만약 우리가 불평할 이유를 갖고 있을지라도 그 피해는 우리가 생각하는 것처럼 심각한 경우는 드물다. 그리고 피해에 대해 분개하는 것은 오히려 피해를 악화시킬 뿐이다. 복수는 피해 자체보다 우리에게 더 해를 끼친다. 다른 사람에게 해를 끼치려고 하는 사람은 동시에 자신에게 더 큰 해를 끼치며 마치 분노하여 침을 쏜 벌이 죽는 경우와 같다.

독수리는 썩은 시체의 냄새만을 맡을 수 있으며, 자라는 알에서 나오기 전이나 죽은 뒤에도 깨문다는 말이 있다.

이런 경우처럼 어떤 사람들은 타인의 결함만을 찾아다닌다. 그러나 비판하는 것보다는 존경하는 것이 훨씬 더 현명하다. 타인의 흠을 들추어내는 것은 진정한 비판이 아니다. 타인에게 숨겨진 흠이 있다고 해도 그에게 그 흠만 있는 것은 아니다. 흠이 그 사람의 전부가 아니다. 비판이 진실일 수 있지만 그것이 사실의 전부인가? 무대 뒤에서 보는 것은 매우 흥미있다. 그러나 연극을 보는 장소로 그곳이 제일 좋은 곳은 아니다. 다른 사람이나 인생에서 나쁜 점이 아니라 좋은 점을 찾도록 노력하라. 그러면 당신이 찾는 것을 보게 될 것이다.

늘 참아라. 아이들이 보채면 십중팔구 그들이 어딘가 아프기 때문이라는 것을 우리는 알고 있다. 다른 경우에도 그렇지만 이 점에서 어른은 성장한 아이들에 불과하다. 대부분의 경우 우리가 사정을 모두 알면 그리고 그들이 어떻게 느끼는지를 알면 우리는 우리에게 잘못한 사람에게 동정을 느끼게 될 것이며 화를 내지 않게 될 것이다. 관대하라. 아무리 관대해도 지나치지 않다.

누군가 아픈 것을 알면 우리는 그 사람에 대해 많이 참는다. 아픈 사람에게는 인색하게 굴지 않는다. 생각나는 것은 무엇이든지 해준다. 아픈 사람에게는 성가신 것, 골치 아픈 것은 모두 모르게 한다. 그러나 왜 아플 때만 그러는가? 우리가 늘 친절하고 사려 깊으면 얼마나 좋을까? 우리는 다른 사람의 심각한 걱정거리와 슬픔과 남이 모르는 고민을 알지 못한다. 그러므로 당신이 불평할 이유를 갖고 있다 하더라도 관용을 베풀어라. 관용을 너무 많이 베풀까봐 두려워할 필요는 없다. 모든 일과 모든 사람에 대하여 끝까지 참아라.

'죽은 사람에 관해서는 칭찬하는 말만 하라(De mortuis nil nisi bonum)'는 좋은 라틴 속담이 있다. 그런데 왜 이 좋은 격언을 죽은 사람에게만 국한시키는가? 타인을 좋게 말하는 친절한 말은 드문데 타인의 흠을 잡거나 좋지 않은 평을 많이 듣게 되는 이유는 무엇인가? 죽은 사람에 대해서처럼 산 사람에 대해서도 칭찬을 한다면 얼마나 좋을까?

그러므로 성급히 비난하지 말며
판단하지 말라,
그 머리와 그 마음의 움직임을
볼 수 없는 한.
우리 눈에 들어오는 오점汚點이

신의 밝은 빛 속에서는

전장戰場에서 얻은 영광의 상처에 불과할 것이다.

우리는 단지 실신하여 무릎꿇었을 것이지만.

어떤 일이나 사람에 대해서 거부할 필요가 있는 경우도 분명히 있다. 그러나 일반적으로 만약 친절하고 자애롭게 말하는 것이 불가능하다면 아무런 말도 하지 않는 것이 더 낫다. 19세기 영국의 목사 시드니 스미스는 그가 없는 자리에서 그를 욕하는 친구에게 그가 없는 곳에서 그를 발로 차는 것도 환영한다는 말을 전했다고 한다.

그러나 우리는 욕을 먹을 바에는 면전에서 욕을 먹는 것이 낫다고 생각한다. 사람들은 그 자리에 없었기 때문에 자신을 변호할 수 없을 때, 자신에 관해서 이야기하는 것에 특히 민감하다. 사람들은 다른 사람에 관한 험담을 들으면 웃고 재미있어할 것이다. 그러나 확실히 그들은 다음에 자기의 차례가 올 것임을 당연히 추측할 것이며, 그 순간 그들이 당신과 함께 웃었다 하더라도 그 때문에 당신을 더 좋아하지는 않을 것이다.

자선은 흔히 구호품을 주는 것과 동일한 뜻으로 생각하기 쉽다. 다음의 유명한 그리스의 시구詩句에서도 그렇다.

낯선 사람, 가난한 사람 모두 제우스로부터 왔네.
자선은 아무리 작아도 달콤한 것.

그러나 구호품을 주는 것은 자선의 한 형태에 불과할 뿐 결코 가장 주된 자선은 아니다. 구호품을 주는 일을 신중히 하지 않으면 백해무익할 수 있다. 아니, 그럴 때가 많다. 훨씬 더 중요한 것은 동정과 애정의 느낌이다.

타인의 고통을 함께 느끼고,
그 결점을 숨길 줄 알도록 가르쳐 다오.
타인에게 보이는 나의 자비를 내게도 보여다오.
모욕은 잊고 친절은 잊지 말라,
은혜를 모르는 자녀는

뱀의 이빨보다 더 날카로우니.

'햇빛을 볼 가치가 없는 사람이 많지만 그래도 해는
뜬다.'
　다른 사람을 용서하지 않는 사람은 자신도 용서받을
것을 기대할 수 없다.

가장 중요한 것은 인격이다

단지 세속적인 성공의 관점으로 보면 인격과 꾸준함은 영리함보다 더 유익하다. 물론 나는 인격의 중요성을 주로 이런 점에 두려는 것은 아니다. 그러나 사실은 그렇다. 옳은 일을 아는 것보다 행하는 것이 더욱 중요하다. 우리가 선해지기를 바라든 번영되고 행복해지기를 원하든 간에 똑같은 코스를 따라가야 한다. 황금빛 행적은 황금빛 나날을 만든다.

인생의 가치는 그것의 도덕적 가치에 의해 측정되어야 한다. 그러므로 "당신의 양심이 당신이 해야 할 일을 말할 때에는 결코 주저하지 말고 일단 결심하라. 그러면 죄인인 인간으로서 바랄 수 있는 모든 행복을 얼을 수 있다."

의무를 등한히 하거나 회피하여서는 장기적으로 당신의 행복을 증진시키지 못할 것이다.

"인생의 진정한 성공을 위해서 필요한 것은 단 한 가지이다. 돈도 필요하지 않다. 권력도 필요하지 않다. 재주도 필요하지 않다.

명성도 필요하지 않다. 자유도 필요하지 않다. 심지어 건강도 필요한 것은 아니다. 그러나 인격, 즉 완벽하게 수양된 의지가 진정으로 우리를 구제할 수 있다. 만약 우리가 이런 의미로 구제되지 않는다면 우리는 분명히 저주받을 것이다."

당신의 인격은 당신 자신이 만드는 것이다. 우리 모두가 시인이나 음악가 또는 미술가나 과학자가 될 수는 없다. 안토니누스[64]는 이렇게 말했다.

"이 밖에도 자기가 소질을 가지고 태어나지 못한 것들이 많이 있다. 그래서 당신이 발휘할 수 있는 품성들, 즉 성실 · 침착 · 근면 · 소박 · 박애 · 솔직 · 검약 ·

---

64) 121~180. 로마 황제. 스토아 철학의 영향을 받음.《자성록》13권을 남김.

시간 절약·관대함 등의 성품을 보여주어라. 당신에게도 소질이 있는 품성들이 많이 있는데, 왜 스스로 남들보다 못 하다고 생각하는가? 혹은 선천적으로 결함이 있어서 부득이 당신이 불평하고, 천하게 굴고, 아첨하고, 자기의 몸에서 결함을 찾고, 남의 비위를 맞추려하고, 지나치게 과시하고, 마음의 불안을 느끼는가? 결코 아니다.

당신은 오래전에 그런 짓을 하지 않을 수 있었다. 만약 당신이 정말 이해가 느리고 둔하다면 그것을 등한히 하지 말고, 당신의 둔함에서 즐거움을 찾지 말고 이 점에 관해서 노력하지 않으면 안 된다."

훗날 부끄러워하게 될 일은 결코 하지 말라. 당신에게 가장 중요한 하나의 좋은 의견이 있는데, 그것은 바로 당신의 의견이다. 세네카는 이렇게 말했다.

"부끄러울 것이 없는 양심은 계속되는 축제이다."

프랭클린은 우리에게 훌륭한 교훈을 많이 남겨 주었지만 그의 한 가지 계획만은 추천할 수 없다. 프랭클린은 미덕을 간단명료하게 개괄한 뒤에 이렇게 말했다.

"나는 앞에서 말한 미덕들(절제 · 침묵 · 질서 · 결의 · 절약 · 근면 · 성실 · 정의 · 중용 · 청결 · 안정 · 정숙 · 겸양)을 습관화할 의도인데, 전체를 동시에 시도함으로써 내 관심을 분산하는 것보다 한 번에 하나씩 시도하는 것이 낫다고 판단했다. 한 번에 한 가지를 충분히 습관화한 뒤 다른 것으로 넘어가는 방식으로 13가지 미덕을 모두 습관화하려고 한다."

프랭클린이 정말로 그의 계획대로 실천했는지는 매우 의심스럽다. 왜냐하면 '만약 당신이 악마의 부하 한 명을 집으로 데려가면 악마의 모든 부하가 따라갈 것이기 때문이다.'

윌슨 주교는 이렇게 말했다.

"어떤 사람이 가난한 소년에게 돈을 주면서 술집에 가서 돈을 써라, 또는 도박을 해라, 또는 가서 유치한 장난감을 사라고 이르는 광경을 본다면 우리는 얼마나 놀랄 것인가! 다른 사람에게 그렇게 시키면 웃음거리가 되는 행위를 당신은 왜 하는가?"

아래를 내려다보지 말고 위를 쳐다보라. 19세기 영국의 정치가이자 소설가 비콘스필드 경은 이렇게 말했다.

"위를 쳐다보지 않는 사람은 아래를 내려다볼 것이다. 하늘 높이 날려고 하지 않는 영혼은 아마 엎드리게 될 것이다."

인생의 실체를 고려해 보면, 누구에게나 있는 공명심은 전혀 고려할 가치가 없는 것으로 생각된다. 사실 셰익스피어, 밀턴, 다윈 등 일부 위대한 사람들은 정부가 수여한 훈장이나 직위 때문에 위대해진 것은 아니다.

공명심의 큰 결함은 결코 만족될 수 없다는 점이다. 등산할 때와 마찬가지로 정상에 오르면 다른 정상이 보인다. 예를 들면 알렉산더나 나폴레옹 같은 위대한 정복자들도 자신이 이루어놓은 결과에 결코 만족하지 못했던 것이다. 그릇된 야심의 희생자인 그들은 '쉴 수도, 감사할 수도' 없다.

베이컨은 이렇게 말했다.

"늘 전진만 하던 사람이 멈추면, 그는 자신에 대해 실

망하고 예전과 다른 사람이 된다."

이기적 야심은 도깨비불처럼 번쩍이는 기만이다.

모든 왕관은 가시로 만들어졌다. 관을 쓴 사람이 선량하고 양심적일수록 더 무거운 권력의 책임이 그에게 지워질 것이다. 하나의 그릇된 판단이 많은 사람에게 불행을 끼칠 수 있다.

아무리 느리더라도 진보가 있으면 인생은 확실히 흥미롭다. 진보가 없으면 인생은 견딜 수 없다.

인간은 가만히 정지하는 것이 아니라 성장하게 마련이다. 아무튼 인간은 가만히 서 있을 수가 없다. 전진하거나 죽지 않으면 안 된다. 그러나 진보할 때 목적뿐만 아니라 방법이 정당해야 한다. 만약 악한 방법으로 얻은 것이라면 진보한 것처럼 보이지만 실제로는 추락할 것이다.

그러면 우리는 천성의 두 가지 요소를 어떻게 조화시킬 수 있는가? 우리의 야심은 우리의 왕국인 자신을 통치하는 것이어야 한다. 진정한 진보는 더 많이 알고 더 나은 사람이 되고 더 많이 행하는 것이다. 이 진보에서는 정지가 필요없다. 한 걸음 한 걸음 나아갈 때마다 이러한 진보는 더욱더 위험한 것이 아니라 더 안전해진다.

사람이 가장 먼저 가질 수 있는 가장 큰 야심은 그의 본분을 지키는 것이다.

웰링턴 공작의 공문서에는 '영광'이라는 단어가 한 번도 나타나지 않았다고 한다. '의무'가 그의 인생의 좌우명이었다. 당신이 부유했든지 가난했든지, 귀족이었든지 농부였든지 간에 백 년 뒤에 무슨 차이가 있겠는가? 그러나 당신이 옳은 일을 했는지 혹은 옳지 않은 일을 했는지는 큰 차이가 있을 것이다.

러스킨은 이렇게 말했다.

"우리가 무엇을 생각하고, 무엇을 알고, 무엇을 믿었는지는 결국 아무런 중요성도 없다. 중요한 것은 우리가 무엇을 했느냐이다."

정직하고 진실하라. 요한 파울 리히터는 이렇게 말한다.

"이 세상에서 가장 먼저 저질러진 죄는 —— 다행히

악마가 지식의 나무 위에서 저지른 것이지만 —— 거짓말이다."

정직은 최상의 방책일 뿐만 아니라 유일하고 옳은 방책이다.

초서[65]는 이렇게 말했다.

"진실은 인간이 지킬 수 있는 최고의 것이다."

클라렌든[66] 백작은 같은 시대의 정치가인 포클랜드 자작에 관해서 이렇게 말했다.

"그는 아주 엄격한 진실의 숭배자여서 도둑질을 할 수 없듯이 거짓말도 할 수 없었다."

만약 당신이 잘못했다면 잘못을 고백하는 것을 결코 부끄러워하지 말라.

인간이라는 존재를 이루고, 인생에서 해야 할 일만을 하도록 하는 자질은 수도 없이 많다. 그러나 가장 중요한 것은 하나이다. 그것이 없이는 사람은 사람이 아니며, 그것이 없이는 진정으로 위대한 인생을 살 수 없으

---

65) 1340~1400. 영국의 시인. 중세 영국 문학의 최대 걸작 《캔터베리 이야기》를 지었으며, 영시英詩의 아버지라 일컬어짐.
66) 1609~1674. 영국의 정치가. 《클라렌든 법전》을 제정함.

며, 그것이 없이는 진정으로 위대한 일을 성취할 수 없었던 자질은 하나이다. 그것은 바로 진실이다. 내 마음속의 진실이다. 진정으로 위대하고 선한 사람들을 보아라. 왜 우리가 그들을 위대하고 선하다고 하는가? 그들은 자신에 대하여 진실되려고 노력하였으며 또 자신이 하여야 할 것을 위하여 노력하였기 때문이다.

워즈워드는 이렇게 말했다.

"남자다운 의존과 남자다운 독립은 서로 모순되어 보이지만, 이 두 가지는 서로 조화를 이루는 것이다."

복종하는 것을 배워라. 그러면 당신이 명령할 줄을 알게 될 것이다. 군사 훈련은 정신과 육체 모두에게 좋은 단련법이다. 군사 훈련을 잘 못하는 병사는 훌륭한 장군이 되지 못할 것이다.

성공이 찾아온다 해도
자랑하지 말라.
자랑 뒤에 파멸이 따르고
교만 뒤에 몰락이 따르나니.

우리는 흔히 격정과 활동을 혼동하고, 인내와 비활동을 혼동한다. 그러나 이것은 착오이다. 인내는 힘을 필요로 하지만 격정은 약하다는 증거이며 자제심의 결핍을 나타내는 것이다. 나이를 먹을수록 격정은 약해지고 습관은 강해진다.

당신이 성을 내거나 나쁜 생각을 품으면, 당신의 마음속에 괴물이 들어앉아 그가 곧 폭군이 되어 당신에게서 평화와 행복을 빼앗고, 당신의 가슴속에 시기 · 증오 · 무자비 · 질투 · 걱정 · 두려움을 불어 넣을 것이며, 결국에는 당신의 몸과 마음을 파멸시킬 것이다.

만약 당신이 권위 있는 지위에 있다면 세심하고 공평하며 친절하라. 이런 동양 속담이 있다.

"마나님이 말을 하면 하인들이 도망가고 마나님이 손가락으로 가리키면 일이 되어진다. 왜냐하면 하인들의 마음속에는 사랑의 법칙이 있는데 마나님의 친절이 그들의 발에 날개를 달아 주기 때문이다."

13세기 페르시아의 문인 사디는 이런 이야기를 전하고 있다.

동양의 어떤 나라의 왕이 무고한 사람에게 사형을 선고하자, 그는 이렇게 말했다고 한다.

"오, 폐하, 죄를 짓지 마십시오. 나야 잠시 고통을 받겠지만 이 죄는 폐하에게 영원히 붙어 다닐 것입니다."

권력에는 책임이 따른다. 그러나 어떠한 경우에도 자기가 하고 싶은 것이 아니라 자기가 당연히 해야 할 일을 생각하라. 이것이 행복으로 향하는 유일하고 진정한 길이다.

만약 두 가지 의무 중에서 어느 것을 선택해야 할지 확신할 수 없을 때에는 가까운 것을 택하라. 일부 훌륭한 사람들은 모르는 사람들을 위해 자기 가족을 소홀히 했으나 자선과 마찬가지로 동정은 집에서부터 시작되어야 한다.

세상의 모든 것은 정의의 편을 든다. 이것은 우리가 쉽게 확신할 수 있다. 우리가 죄에 대한 처벌에 관해서 말하지만, 누가 우리를 처벌하는가? 우리 스스로 자신을 처벌한다. 세상은 선행이 기쁨을 가져오고 악행이 슬픔을 가져오게끔 되어 있다. 죄를 짓고 고통을 받지 않으려는 것은 자연의 법칙에 간섭하려는 것이 된다.

죄를 용서한다고 해서 처벌하지 말라는 것은 아니다. 처벌받지 않는 것은 불가능할 뿐만 아니라 불행한 일이다. 사실 죄를 저지르고 세속적으로 잘사는 것보다 더 큰 불행은 없다. 만약 당신이 나쁜 짓을 하면 과거의 기억이 미래에도 당신의 마음을 괴롭힐 것이다. 당신 때문에 피해를 입은 사람이 당신을 용서할 수는 있으나, 그가 그렇게 용서함으로써 당신은 부끄러워 못 견디게 될 것이다. 왜냐하면 그의 관용이 당신의 죄를 더욱 검게 보이게 할 것이기 때문이다.

행위는 인생이다. 긴 안목으로 보면 행복과 번영이 행위에 의해 좌우된다. 외면적 상황은 비교적 중요하지 않다. 우리의 환경이 우리의 인격만큼 중요하지는 않다. 그러므로 날마다 자신을 감시하라, 습관은 제2의 천성이다. '행위라는 씨를 뿌리면 습관을 수확할 것이고, 습관이라는 씨를 뿌리면 인격을 수확할 것이며, 인격이라는 씨를 뿌리면 운명을 수확할 것이다.' 우리는 매일 좋게든 나쁘게든 조금씩 자란다. 어떻게 자랐는지를 밤에 자문해 보는 것이 좋다.

19세기 미국의 사상가 에머슨은 이렇게 말했다.

"인간은 크게 두 종류로 나누어진다. 즉 좋은 일을 행하는 사람과 나쁜 일을 행하는 사람의 두 계급이다."

당신이 후자에 속한다면 당신은 친구를 적으로, 기억을 고통으로 만들며, 인생을 슬픔으로, 세계를 감옥으로, 죽음을 공포로 만들 것이다. 반면에 당신이 밝고 좋은 생각을 하나라도 마음속에 심어 주거나 다른 사람의 인생을 한 시간이라도 행복하게 만들어 줄 수 있다면, 당신은 훌륭한 천사의 일을 한 것이다.

누구라도 매일 한 시간, 단지 한 시간, 아니 반 시간이라도 좋다. 혼자가 되어 조용히 명상한다면 그것은 아주 훌륭한 일이 될 것이다. 시간이 없다고 탓할 수는 없다. 로버트 필[67] 경은 하원에서 귀가한 뒤 매일 밤 성경 한 구절을 읽었다고 한다.

물론 그 당시는 오늘날처럼 늦게까지 업무를 보지는 않았다.

---

67) 1788~1850. 영국의 정치가. 구교도 해방, 곡물법 폐지 등을 실현함.

좋은 일에 관해서 생각하면 나쁜 일을 하지 않게 된다. 그러므로 좋은 일을 생각하는 습관을 가져라. 어리다고 핑계를 대지 말라. 마르그리트 드 발로아는 이렇게 말했다.

"우리들의 뼈 위에 더 이상 살이 없어질 때 우리는 완전히 고결해질 것이다."

'젊은 날에 창조주를 기억하라.' 우리가 원하는 대로 죽으려면 착하게 살아야 한다. 선한 사람에게는 죽음의 신이 두려움을 주지 않는다. 덜월 주교는 임종의 병상에서,

"잠은 죽음의 형제이므로 잠의 죽음으로부터 그리고 죽음의 잠으로부터 당신을 깨울 신에게 자신을 맡기도록 노력하지 않으면 안 된다."

라는 말을 7개 국어로 번역하는 일을 했다. 키케로에 따르면 소크라테스가 그의 고발자들 앞에 나타났을 때 그는 '사형 선고를 받은 사람으로서가 아니라 천국에 올라갈 사람처럼 말했다.'

세네카가 이렇게 말했다.

"만약 당신의 의무를 용감하고 관대하게 행하면 어떤 보상을 받을 것인가? 당신은 의무를 행하는 보상을 받게 될 것이다. 그 행위 자체가 보상이다."

우리가 올바른 일을 행해야 하는 이유는 약속을 바라서도 아니며 처벌을 두려워해서도 아니다. 좋은 것을 사랑하기 때문이다. 왜냐하면 당신의 증언이 바로 내 마음을 즐겁게 하기 때문이다.

덕은 그 자체가 보상이다. 사실 어떤 사람에게는 죄를 범하지 않게 하는 수단으로서 초자연적인 보상과 처벌이 필요할지 모른다.

우리는 자신이 완벽할 수 없다는 것을 알고 있다. 그러나 우리는 다른 모든 일에서처럼 완벽한 인격을 목표로 삼지 않으면 안 된다. 더구나 우리는 확실한 안내자인 양심을 마음속에 지니고 있다. 그러므로 우리가 양심을 따른다면 적어도 아주 잘못되지는 않을 것이다. 우리는 원한다면 존귀하게 살 수 있다. 그러므로 늘 가능한 한 가장 높은 이상을 세우고 매진하라.

스코트 경은 임종의 자리에서 로차트에게 이렇게 말

했다.

"덕을 행하고 신앙을 가지고 좋은 사람이 되시오. 당신이 여기에 눕게 될 때 위안을 줄 수 있는 것은 그것들뿐이오."

《구약성서》에 나오는 예언자 발람도 이렇게 간절히 원했다.

"나로 하여금 의인義人처럼 죽게 하소서, 그리고 나의 최후를 의인의 최후처럼 되게 하소서."

옮긴이 **한영환**

1936년 서울 출생.
서울대학교 물리학과 및 영어영문학과 졸업.
《연합통신》 등 언론학계에서 다년간 근무.
역서로 《바라바》, 《키다리 아저씨》, 《우주의 역사》가 있으며,
편저로는 《실용영어 통신문》, 《새로운 영문 편지》 등이 있음.

인생의 선용

개정판 1쇄 발행 | 2008년 4월 25일

지은이 | 존 러보크   옮긴이 | 한영환
펴낸이 | 윤형두   펴낸곳 | 종합출판 범우(주)
교 정 | 김영석 · 이정규   디자인 | 김왕기
등록번호 | 제406-2004-000012호(2004년 1월 6일)
          413-756 경기도 파주시 교하읍 문발리 525-2 출판문화정보산업단지
대표전화 | 031-955-6900   팩 스 | 031-955-6905
홈페이지 | www.bumwoosa.co.kr   이메일 | bumwoosa@chol.com

ISBN 978-89-91167-88-9   03860

배낭속의 친구
「범우문고」

각권 값 2,800원

▶ 전국 서점에서 낱권으로 판매합니다
▶ 계속 출간됩니다

www.bumwoosa.co.kr TEL 031)955-6900 범우사